生きるよドンどん

ムツゴロウさんが遺したメッセージ

畑正憲

毎日新聞出版

生きるよドンどん

ムツゴロウさんが遺したメッセージ

生きるよドンどん

ムツゴロウさんが遺したメッセージ●目次

Ⅰ 強がりの記

Ⅱ アマゾンへ

Ⅲ 生きよう、もっと

Ⅳ 夢まぼろしの世界

装幀　岡　孝治
イラスト　畑　正憲
写真　毎日新聞社

I 強がりの記

パニック

水に溺れている人を、何人救助したことか。指を折り、思い出をたどってみると、すぐに両手の指では足りなくなってしまう。当時は珍しかった潜水用具を持ち、ウエットスーツを着て、海岸にたむろしていたからだろう。

ある晴れた日。伊豆の海岸。

二百メートルほど離れた沖で、水しぶきが上がった。そして、手が垂直に突出る。

誰かが言った。

「あ、溺れてる！　あれは人だよ」

すぐさま私はとびこんでいた。泳ぐ。懸命に。泳いだ。溺れていたのは三十がらみの男だった。口をパクパクさせている。

「大丈夫だぞ。もう大丈夫。落着けよ」

私はどなった。

岸を見る。誰も来ていない。男と私、二人だけ。私が見捨てれば、男は死ぬだろう。

夏、子供が溺れたので親がとびこみ、二人とも亡くなったという記事を見かける。溺れる者はパニックになっていて、すごい力でしがみつくのだ。

私は、男の後ろにまわった。生意気にも、潜水のスーツを着て、ウエイトベルトまでしていた。そのベルトを外し、捨てる。

背泳ぎの恰好で、移動した。

「力を抜け。任せろ。ゆっくり」

大声で叱るように告げ、左手に突出している岩礁まで泳いだ。さあ、つかまれ！

でも、駄目だった。パニックは人の能力を削いでしまう。手が硬直し、岩を持てなくなっていた。背泳ぎを再開した。男は重かった。私は自分の筋肉が限界に近づいていることが分かっていた。でも、負けるか。負けてたまるか。

もし男が、私にすがりついていたら。後でそう考えると背筋が冷たくなった。

モルジブ。インド洋のただ中に浮かぶ島国。

約四十年前、まだ日本人があまり行かない頃、ひょっこり訪れた。北欧の人たちが開発しているバンドス島で、私はハーバートという偉丈夫と知り合った。彼はナポリに店を持っているが、モルジブの自然に魅せられ、バンドスにダイバーショップを持っていた。


彼は、モルジブを売り出そうとしていた。なんとサメの餌づけをし、それを海の中で見物するというツアーを企画していた。

何度か一緒に潜ったある日、彼が言った。

「ハタ。実はスウェーデンから、テレビのチームがくるんだ。サメを撮影しに。ウオッチ役をやってくれると助かるんだが」

ＯＫだ。私は同行した。

撮影班は五人。サンゴ礁の端まで泳ぎ、そこから垂直に潜水した。

ハーバートは、大きな魚をモリで突いた。エラにロープを通し、その端を岩にしばりつけた。そして、魚に切れ目を入れた。血が流れ出した。と、サメが寄ってきた。五、六、七尾。ぐるぐる回り、目がギョロリ。

と、ライトが暗くなった。ライトマンが失神し、浮上している。私は追いかけた。足をつかんで引寄せる。彼はパニックを起こしていた。

野次馬見参

生来、私はおっちょこちょいであり、何かあるとすぐ飛出してしまう野次馬的な性分の持主である。

ある昼下がり。東京の商店街。狭い道。

スクールバスが停まった。子供たちがバラバラと降りてくる。バスの前後を駈けて渡ろうとする。そこへトラックが突っこんできた。キーというブレーキの音。そして、なんと、トラックとバスの間に子供が一人はさまれた。

私は飛出し、子供を抱いた。小学四年ぐらいの男の子。顔がつぶれ、おびただしい出血。私は血だらけになった。そして、抱いている内に、男の子が冷たくなっていった。悲しくて、涙がとまらなくなった。

母親が駈けてきた。

「すみません。助けられなかったです」

私が頭を下げると、母親が声をしぼり出した。

「何を仰言（おっしゃ）います。人の胸に抱かれて息を引き取れたのが、せめてもの慰めです」

そしてまたある夕刻。私はスタジオから本社へ向かっていた。

本社は住宅地にあり、右手の斜面には、家がびっしり建っていた。その坂を下り切った所で人だかりがしていた。

何？　何だ？

野次馬が目を醒ました。

人垣をかきわけてのぞくと、青年が倒れ、転げまわっていた。自転車が横になり、ざるやもりそばが散乱している。

そうか。出前持ち。

青年は坂を下りた所で、ハンドルをとられて横転したに違いなかった。

「痛ッ。痛ッ。ここ、どこ。どこだ」

青年は両手で空間をまさぐっている。頭部を負傷し、出血がはなはだしい。

側に溝があった。上の住宅地から流れ出す生活排水を集める明渠になっていた。

私は腹が立った。何故、誰も手を出さないのだ。

彼が溝に落ちたら、どうなる？

飛出した。男を調べた。

耳たぶが切れていた。あと僅か一センチぐらいで落ちただろう。今なら、大丈夫。つげる。

私は声を荒らげていた。

「タオル。清潔なガーゼ。何でもいい。持ってきて。早く」

何人かが家へと駈けた。

血を拭いた。誰かが言った。

「とっくに救急車、呼んだのですが」

「道が混んでるんでしょう、遅いわねえ」

都会の人は、どうしてこうまで冷たいのだろうと悲しくなった。もし、明渠に落ちていたら——とおそろしくなる。他人が怪我をしたら、それは救急車の人たちが処理するものと思っているみたいだった。

動脈が切れていた。貰ったガーゼを当て、圧迫止血。

「大丈夫。大丈夫。しっかりしな」

強く抱きしめ三十分経った頃、ようやく遠くからサイレンの音がした。

節目、乗馬

今年、私は一になった。八十一、である。年齢の階段を、一つ登ったわけである。

喜寿の誕生日、親しい知人や友人たちが、サプライズの宴を開いてくれた。びっくりポンの夕食会だった。その席で、古い友人が言った。

「おれたちはなあ。お前がこれだけ永く生き残るとは誰も思わなかったぜ。逝くなら、ハタだ。齢に負けるのは、まず、お前だ。そう信じてたよ。分からんもんだなあ、それがよ、喜寿だよ。この調子だと、九十まで大丈夫だよ。とにかく、しぶとい」

「なんだよ、どうしてまた、早死にすると思ったんだ」

「だってよ、お前、無理するじゃないか。それも並大抵じゃない。徹夜をすれば、十日も二十日もだもんな。人間には、限度というものがある。眠る時には、眠ってナンボ」

私には、昔から、そんな所があった。一冊の本にとりつく。読み終わるまで眠るものかと思う。こんチクショウ。負けるもんか。確率論や統計力学の本だったりした。

体のことなど考えない。どうなってもいい。ある友人は、そんな私を評して、破滅型だと言ったものだ。

すぐ、人生を賭けてしまう。これは、上手く行くはずだ、いや、行かせてやろうじゃないか。負けるもんか、と続く。

それで気がついたことがある。男は、人生が竹みたいになっている。三十代、四十代と十年区切りで節がある。

男は、女性とは違う。何が違うかと言うと、ホルモンの分泌だ。女性は、月に一度、発情ホルモンの刺激を受け、体が息を吹き返す。ところが、オスは、特に結婚して生活が安定してからは、男性ホルモンの分泌量が一定になってしまう。これを、何とかしなければ。

私は、節目、節目で、体を鍛え直すことにした。そして、見つけたのが、馬、だった。

「ようし、今日から、やるぞ」

と、決めたら、乗りに乗った。一と月ほど攻めまくった。すると、体が軽くなり、後の一年、過

ごしやすくなった。

他にも効用があった。

私に、脱肛という病変が突然襲いかかってきた。はじめ、なあにこれしきと思った。痛みなんてへっちゃらだ。

ところが、限度を超えた。動けなくなったのである。当時、総合誌に連載をしていたが、その編集者が、言った。

「私は、いい医者を知っています。専門医です。行きましょう、すぐ」

私の首筋をつかんで引立てた。私は診療台の上で、尻を突出した。診るなり彼は言った。

「あ、これは！ ウチでは無理ですね。他にいろいろ施設が整った大病院に行って下さい」

オートバイ、自転車、乗馬などは禁忌だとつけ加えた。私は、帰って馬に乗った。すごい出血だった。以後、痛みはケロリとひいた。私は未だに肛門を使用している。

ゾウの国で

父は医者だった。それも満州の開拓医にはじまり、僻地（へきち）の医院を転々とし、戦後、引揚げてきてからは、大分県の日田（ひた）市で、長屋を改造した医院を開いた。後発の医者だから地盤がなく、患者の選（え）り好みは一切しなかった。夜中だろうと明け方だろうと、患者がいる家に駆（か）けつけた。

ある日のことだった。近くに住んでいる男が駆けこんできた。

「先生！　娘が、娘が、死による……」

父は家を飛出した。

娘さんは結核。大量の血を吐いていた。父は、まず、娘さんの鼻に口を当てた。吸う。吐いた。次に、娘さんの口。血は一部かたまって血餅（けっぺい）になっていた。吸う。吐き捨てる。

「ようし、もうよかろう」

父が渡されたタオルで自分の顔についた血をぬぐうと、娘さんがニコッと笑ったそうだ。

その頃、まだ結核は、忌むべき業病だった。家族からも隔離されて過ごしたものだ。

ストレプトマイシンなどの抗生物質が発見され、娘さんは全快した。結婚し、子供が生まれた。男の子だった。娘さんは涙をこぼし、トシオと、父の名をつけた。

スリランカから便りがあった。親友、ゾウのクマーリが妊娠し、出産が近いという。

行きたいな、と思う。

クマーリは、野生から保護され、私をはじめて上に乗せてくれたゾウである。

そこへ、仕事が舞いこんだ。いわく、ムツゴロウと行く、ゾウの旅。何でもいい。いくぞ。いく、いく。

三十名くらいの参加者と、私はスリランカを旅した。もちろん、クマーリにも会った。子ゾウが生まれていた。

子連れだから、側に行くと危ないと、レンジャーに抱きとめられた。おれは特別だ、と私はその手を振り払い、クマーリをほめ千切り、子ゾウとわけ合ってミルクを飲んだ。

スリランカはインド洋に浮かぶ真珠とも言われている。野生ゾウの自然公園、南端にあるヤラに着いた。


夕飯まで解散。

私は、自分のロッジで、手足を伸ばした。うとうと、とする。そこへ、人が息せき切って駈けてきた。

「大変です！ 女の人が溺れています」

私は飛出した。

駈ける。砂浜には、すでに人だかりがしていた。人垣を割った。

海では、波の合間に、茶色の人物が奮闘していた。私はとびつく。

二人で協力し、女性を引っ張り上げた。ぐったりしている。名前を呼ぶが反応なし。

すると、助けてくれた砂浜の監視員が、溺れた女の口に口を当てようとした。何をするんだ。待て、待てい！

私は彼を押し除けた。体を横向きにキープ。そして、指を口に差しこんだ。女性は、飲んでいた海水をしこたま吐いた。

モウチョウの記

「どうなさいましたか？」

と、医者はまず訊く。これを問診という。それから聴診器を体のあちこちに当て、次には、患者に横になって貰い、手をすべらすように触れる。触診である。

　昔の内科医は、この三つで、ピタリと病名をさぐり当てたものである。狭い家で開業し、家庭と病院の区別がつかないような変則的なわが家では、

私はそういうマジカルな父の姿を見て育った。

　父は、医者を聖なる職業だと信じ、息子たちに医者になることを強制した。兄は、仕方なく、それに従った。

　私に対しても、同様の要求をした。文学部に進みたいという私の希望を聞いたら、かんかんに怒って宣言した。

「文学だとお、あんなふやけたものを学ぶために、お前を育てたんじゃない。医学部に行け。そうでなければ学資は出さん！」

問答無用、一刀両断。

　東京の大学を選んだ。行けば、何とかなるさと軽く考えた。そこで、当面のマサツを避けるため、医学コースがある理科二類というのを選んだ。

　父は、私が医学部へ行ったものだと信じていた。

私はスルリと、生物学科へと逃亡してしまっていた。

私は『内科学』という部厚い本を購入し、ぽつりぽつりと読んでいった。そのお陰で、休みに家に帰ってもバレずに済んだ。

大学三年生の夏、私は父に訊いた。

「虫垂炎は、どうやって見分けるのですか」

父は、ああアッペね、と鼻で笑った。アッペとは、虫垂のラテン語を省略したものだ。

「そこに寝ろ」

そう言って、私の腹を圧した。へそと腰骨の先端とを直線で結び、腰から三分の一の距離、そうだ、ここにある。

私は、触診の基礎を伝授された。その上、虫垂炎の患者さんがくると、ちょっとこい、と呼ばれ、実地の訓練まで受けた。

これは、大変、役に立った。ようし、よしよしと動物の腹をさわる。その時、私には動物の腸の

形や動きが分かっている。

大学院の一年になった。当時は、長い長い旅であり、二十四時間かかった。

広島を過ぎた頃、車内アナウンスがあった。

「当列車に、お医者さんが乗っていませんでしょうか。急病人が出ています」

連絡をくれとの呼びかけだった。何度も何度も。おまけに、その病人は、私が乗っている車両らしく、後ろに人だかりが出来た。

かくて、三十分。

天性の野次馬としては、もうじっとしておれなかった。自分は医者じゃありませんが、でも診断くらいは出来ます。名刺を出した。

父に習った方法。へそと腰骨。そこを圧し、足を曲げ、伸ばす。

痛い、と男はうめいた。

虫垂炎だった。次の駅で降ろし、万事ＯＫ。

強がりの記

自分が虫垂炎で苦しむなんてと、私には信じられず、何ということだと、誰かを叱りとばしたい気分だった。

御茶ノ水駅。ホームの片隅。

柱にもたれかかって、自分の右腹を圧した。へそと腰骨。足を曲げ、伸ばす。

「痛っ、イテテ！」

疼痛（とうつう）。頭がくらくらしてくる。

多分、ストレスも関係していたのだろう。

私は、最初の作品、脚本を書き監督をした最初の映画の制作作業を、終わらせたばかりだった。その事後処理をするため、御茶ノ水に出ての帰りだった。

そう言えば、朝から変だった。起きた時、胃が重く、吐き気がした。みぞおちから手をすべらしてみる。胃底部に、何やらしこりらしきものがあった。えーいと跳ね起き、歯をみがき、顔を洗った。胃薬を一服。そして触ってみると、胃のしこりは消えていた。

なあんだ、一過性の緊張か、神経の作用だなと、たかをくくった。

そして用を済ました。

痛みが本格的になった。

私は、手すりをつかんで階段をよじ登り、駅の正面でタクシーに転げこんだ。

やっとの思いで家。旗の台。

「あのな、おれ、どうやらモウチョウだ。間違いない。あ、痛、痛っ！　どこかで切って貰わねば」

「近くがいいわね。だったら駅の前、ほら、Ｒ病院よ」

「うーん、いいか、あそこで」

「先生が軍医あがりで、テキパキやってくれると評判よ」

「ようし、決めた」

Ｒ病院に転げこんだ。

先生が言った。

「こりゃひどいね。すぐ手術」

「切るのは結構ですが、ぼくに見せて下さい。自分の腹の中、どうなってるか、見物するいい機会です」

「うーん。なあ、君」


先生にも初めての経験だったという。それでもＯＫしてくれた。

手術が無事終了。先生が、コッヘルで切り取った部分をぶら下げた。

「これだよ。ほれ、化膿しちゃって」

「それ下さい。ぼくに」

「どうするんだ」

「食べる！」

言ってから、しまったと後悔した。

「食べるだと！　やれないよ、これは」

「いつから歩けますか」

「今からでいいよ。歩けるものなら、歩いてみな」

私は歩いた。激痛だった。

入院室。四人部屋。先客がいた。私の三日前に同じ病気で手術を受けた高校生。

「やあ、よろしく」

私はベッドに腰を下ろし、煙草を吸いに外に出た。

夜逃げ昼逃げ

　R外科病院。入院室。四人部屋。

　とにかく狭かった。六畳ぐらいあっただろうか。大切な患者を収容する空間だとは、とうてい考えられなかった。ふうっと息を吐けば、隣に寝ている患者の鼻毛がそよぐ狭さだった。

　隣のベッドには、高校の一年生がいた。色白で、顔が小さく、顎（あご）がとがっていた。だが唇は厚ぼったくて、口紅を塗ったみたいに赤かった。目は細かったがまつげが長く、妙にアンバランスだった。

　少年と言うべきか。いや、同じ年の頃、私には恋人がいたのだから、やはり青年。

　その青年が小声で言った。

「マミー。たおる」

「はい、はい」

　付添（つきそ）っている母親が、枕元からタオルを取って渡した。おやおや、自分で手を伸ばせば届くではないか。

「マミー。マミー。背中、痛いよう」

「そう。横になって。はい、ここね」

　母親は、息子の背をやわらかくマッサージし始めた。

　マミー。マミー。

　青年は、用をたくさん思いつき、その度に母を呼んだ。今、流行（はや）りの言葉をつかうなら、びっく

りポン。

そのびっくりポンは、まだまだあった。

「マミー。マミー」

青年は目で下の方をさす。すると母親が、毛布をめくり、尿瓶(しびん)をさし入れた。

何たる、甘えん坊！

許せない。

私は、自分のベッドに腰をかけた。

「君、君、余計なことかも知れないけど、ちょっと目にあまるよ。甘えるのも、いい加減にしなさい。おれなんか、さっき切って貰った。それなのに、歩いてるよ。痛い？　甘えるから痛いんだ。痛くない、ようし負けるかと思わなきゃ。痛さが何だ。このくらいの痛さで、人間、死ぬものじゃない。君、勉強だって同じだよ。分からない、苦しい。その度にママ、ママって呼ぶのか。苦しい？　結構じゃないか。おれ、絶対に分かってやるぞ。負けるか、と思わねば」


恥ずかしいことに、私は長広舌。生まれて初めて青年に説教をした。

そして、翌日、昼間、堂々と逃出した。ワセリンと油紙、テープを仕入れた。傷口にワセリンをたっぷり塗り、油紙を上にはり、テープでしっかり固定し、銭湯へ行った。

抜糸は自分でした。

そして約三十年。ある日女房が、変な人から電話ですよと言った。

出てみる。すると相手は、R病院で同室だった男ですと言った。

「え、え、何と！　元気ですか」

「あの時は有難うございました。貴重な教えをいただきまして、私、今、ある会社の部長になりまして、それでお礼を言いたくて」

強がりの、意地っ張りが、役に立つこともあるのである。

取材手帳と深い悩み

　東京の事務所。テレビを置いてある机の上には、いろんなものが雑然と置いてある。

　返事が必要な手紙の類い。読みさしの本。その横に外国旅行の際、いつも携行するメモ帳がある。私には珍しくブランドもので、ハンティング・ワールドの手帳である。

　以前、事務所は骨董通りにあったが、やがて斜め前にハンティング・ワールドの店がオープンした。私はその前でタクシーから降りる。可愛い店員さんと目が合う。すると、店員さんは笑顔で、会釈をしてくれた。これが、何回も続くと、ある日、寄ってしまった。

　財布がオンボロになっていたので、黒い革のものを一つ買った。そして、カウンターの横をふと見ると、ノートが置いてあったのである。横にボタンがついていて、押すと、パチンと爪が外れ、中身が交換出来るようになっていた。

「これは便利だね。おれ、海外の取材が多いから、もってこいだ」

　とびついてしまったのだが、後で気がついた。私はメモをとらないのである。

　これは、子供の頃からの習慣だった。学校へも

ノートを持って行ったことはなかった。必要なことは、その場で覚えるのだ。半年間ぐらい取材旅行しても、メモは皆無だった。

こんなことがあった。

フジテレビの偉いプロデューサーが訪ねてきて、次の企画を話しこんでいるうち、スリランカへ電話をしてみようかなと思いついた。

「でも、あそこの電話番号が分からないなぁ。ムツさん、知らない?」

「エレファント・パークでしょ。ぼくは、電話をしたこともないし」

「弱ったなあ。そろそろ、ゾウの子が生まれるころだよ」

「待って下さい。ぼく、今から、ちょっと書斎にこもります。書いているうちに、出てくるかも知れません」

私は机についた。

国道を左に曲がる。瓦を焼く人たちがいる。大きな門構え。中に入る。右手に五本、ヤシの木。そして正面に橋。橋のほとりに看板。ここで気合いを入れた。エレファント・パークの文字の下に、数字。

何度も見ながら通っている。

すばやくメモに書き写す。

「ハイ。これをどうぞ」

居間でプロデューサーに渡した。

見事だった。通じたのである。

これは一つの例だが、記憶力には自信があった。だから、メモは要らないのである。

その私が、六十歳を過ぎるあたりから、昨日のことも忘れるようになった。

「どうした。ボケたのか」

私はパニック状態になってしまった。

老いましたから、歳を取れば仕方がない、などという言いわけでは、私の仕事は続けられない。

引退すべきか。そう真剣に悩んだことだった。

イングレース。一歩、一歩

早いものだ。還暦だ、やれ赤いチャンチャンコだと、悪友たちが騒いで、記念の宴を開いてくれた。あれから、すでに二十年が経過している。

私は元気だった。体も動いた。仕事がらみで、エベレストに登ってくれと頼まれても、ハイハイと引き受けてしまっていただろう。秋には、中標津の競馬大会に出場し、三勝してしまっている。

でも、気分はすぐれなかった。

要するに、ボケ、ているのである。もの忘れがひどくなっていた。自分で植えたベリーの名が思い出せなくて、もがいたりした。

何か大切な回路が、自分の脳の中から脱け落ちた感じだった。だったら引退か……そう本当に感じた。

そして還暦の小宴。

最初、私は逃げ腰だった。とてもじゃないが照れ臭くて、と思った。

ところが、皆と会って談笑しているうちに、気が大きくなった。

引退どころか、生まれ変わり、あと一踏んばりしたくなった。そもそも還暦は、干支がひとまわりして、生まれた時の干支に戻ることから名づけられた。

私は、友人にポツリと言った。

「おれ、何か新しいことをやってみる」

「へーえ、生物学じゃなくて、天文学でも始めるか」

「そんなんじゃない。たとえばだね、えーと、おれ今年、ブラジルロケが入ってるから、ポルトガル語をやってみる」

「ふえー、新しい語学か。無理、無理!」

「無理は承知だよ。若い頃のようにはいかないさ。山あり谷あり。いや、今だと、谷あり谷あり、谷の向こうに深い谷」

「ははは、そうでもないだろうが、苦労するぜ。おれなんかにもあっけどさ、一つの単語を憶(おぼ)えるのに、百回となえて、まだ駄目なんだよ」

「言えてるな」

若い頃は……。

そう大声で叫びたかった。ドイツ語にかじりついた大学一年の頃、半年後にはゲーテの小品を読めたものだ。

gehen ging gegangen 。

動詞の変化が頭をよぎった。

何を今さら!

友人はそう言った。そんな所にまで立ち戻って苦労しなければならないのか。

その年、私はロケ隊より二週間早くブラジルへ渡った。

早速、本屋へ行った。少年少女用の物語本を十冊ほど買った。

そして発見した。Inglês。英語学習用の本だった。

副題がPasso A Passo。一歩ずつ。

英語だったら、まったく問題はなかった。つまりこの本は、ポルトガル語で英語を学ぶという本だった。

私は買い求め、声を出して読み始めた。

若返りのために

部屋は七階だった。ブラジルに着いて二日目になっていた。

ベランダに出た。目の前は高級な住宅地だ。茶色の屋根瓦の連なりが、丘の上まで続いている。街路樹はどれも、のびのびと大きくなっている。ホテルの前にあるアカシアは、手を伸ばせば届きそうな所まで枝を広げている。

私は、くすっと思い出し笑いをした。

チェックインの際、年齢を訊かれた。それに、あ、カンレキだよと答えてしまったのだ。

「カンレキ？　何だ、それ？」と、フロントの男は首を傾げた。

「デスクーパ（ごめん、ごめん）。日本ではね、六十歳が記念の折り返し点で、カンレキと称して祝うものでね。丁度、六十だよ」

私自身、はじめは気にしていなかったが、まわりが何度も「お、丁度ね、カンレキだ」とはやし立てるように言う度に、かなりこだわるようになっていた。

カンレキのおかげで、私は二週間の時間を勝ち得ていた。どう使ってもいい、贅沢きわまりない時間……。

そうだ。ポルトガル語。

「いや、もったいないよ。こんなに自由な日々がいつ持てた？　久しぶりの休みじゃないか。その期間に、選りにも選って精力を費う新しい語学にとりつくなんて、いい加減にせい」

私は、自分をあざ笑った。

待てよ、と思う。

ここはブラジル。眼下の道を、人がせわしなく行き過ぎる。ああ、彼女、きれいだな。

おれは、何をしてる？

タバコに火をつけた。けむりを吐いた。

一つの言語を習得するのがいかに大変か、私は熟知しているはずだった。

大きな壁の前に立っている感じがした。さあ、どうする、セニョール・カンレキ。

タバコを消し、部屋へ戻った。

買ってきた本が散乱している。その内の一冊を手にとる。ポルトガル語で、さあ、英語を学ぼう

という本だ。

著者は書いている。「われわれの言語は、遠い昔、同じだった部分もある。語彙を増やすためには、新聞や雑誌をたくさん読むといい」

そして、ポルトガル語と英語の似ている例を並べてあった。

英	ポ
usually	usualmente
frequently	freqüentemente
correctly	corretamente

ページをめくるのが面白くなった。

声を出して読んだ。私の先生は、音読百ぺん、意自ら通ずと言い、訳しては下さらなかった。

私は、久しぶりに、新しい学問にとりつく興奮にとりつかれていた。体の芯、心の芯がよろこんでいた。

おれって、学問、勉強が好きなんだ。

普段、感じないことだった。その三百ページほどの本を、夕方までには読み終えていた。

文章の音読

私は、今、約束を破る。

「誰にも言うなよ」

「はい」

と、恩師と誓ったことをここに破る。

先生。恩師。英語を体にしみこませて下さった大切な方。

はるかな昔。約七十年前。父は、長屋を改良し、医院を開いていた。何もかも急造で、家族が住むスペースは、ほとんどなかった。診療に時間が要る患者の場合には、居間に座ぶとんを枕にして横になって貰ったものだった。

何もない時代だった。食べるものも、テレビも。米は配給。もちろん足りないので、ヤミでちょろまかした。

私は、中学生になっていた。ある日、家に帰った。玄関からすぐ居間である。その居間に、一人の男が横になっていた。目をとじている。青白い皮膚。

玄関わきにある空間、三畳間と呼ばれてはいたが、弟と共用のちまちました空間に、母が手製でこしらえたカバンを置いた。すると母が薬局から出てきて、風呂場にさそった。

声を低くして言った。

「チカユキ（兄の名）の先生だからね。失礼のないようにしなさい」

それが恩師、石橋先生との出会いだった。

病名は、栄養失調だった。昔気質（むかしかたぎ）の先生は、ヤミ米を買う手段も知らなかった。新聞に、配給だけで生きていた教師が、骨と皮だけになって死亡したという記事が大きく出て、みな、ふうんとため息をついた。でも、どうしていいか分からなかった。

先生が暗くなってから帰ると、父が言った。

「シジミがいいんだけどな」

「それなら、ぼく、採ってくる。ウナギもいいんでしょう」

「極上だ。ウナギ、ばっちり」

「だったら、ぼく、釣ってくるよ」

私は、事情があって、半野生児だった。シジミがいる所などたくさん知っていた。

そして一と月。

私は、先生が現れる土曜日に合わせて、ウナギを採った。シジミをすくった。

すると、ある日、先生が言った。

「マサノリ君。英語を学ぶ気はあるかね」

「あります」

「おれは、英語の教師でね」

「はい。兄から聞いています」

「おれに、ついてこい。くる気はあるかね」

「はい」

それが始まりだった。

英語はそれまで、敵国語だった。本は集められて、焼かれていた。

先生は、次から、チャールズ・ディッケンズの本を二冊用意して、

「おれが読む」

と、まず読んだ。訳しはしない。ただ読むだけ。

「君、次に読みなさい」

文章百読、意自ら通ずの始まりだった。

恩師との約束

こと英語になると、石橋先生の態度はガラリと変わった。第一、声が違ってしまった。顔が長くなる。口の中で舌が動くのがよく見えた。しかも、下唇がよく上下に動いた。動く度に、前歯が露出した。

はじめ、私は面白半分に見ていたが、やがてマネをするようになった。後で分かったのだが、先生の英語の発音は、折目正しいキングスイングリッシュだった。

英語を習い始めて、一と月ほど経った頃、先生が本を開いて訊いた。

「君は、小説が好きみたいだね」

「はい。大好きです」

「イギリス文学は、どんなものが好きかな」

「つい最近、ブロンテ姉妹の本を読みました。学校の図書室にありましたから」

「ほう。訳文だね」

「はい。もちろんです」

「ぼくたちが読んでいるディッケンズでも、訳本が出ているよ。読んでいいんだよ。その方が、英語の理解に深みが出るから」

一対一の授業は、それからも続いた。

一年ほど経つと、英語と私の間にあった膜みたいなものが消えた。読む力も格段に上達した。

二年目になると、住んでいた町から列車で二時間半ほどかかる博多まで出た。洋書の専門店は、わが日田市にはなく、博多まで出なければならなかった。

エブリマンズ・ライブラリーという赤い表紙の本を見つけた時には嬉しかった。その中には、世界中の小説を英語に訳したものが入っていたからである。ドストエフスキー、トルストイ。モーパッサン、フローベール。ロシア語やフランス語を英語に訳してあるせいだろうか、俗語などが少なく、私には読みやすかった。

三年目、博多でヘミングウェイを買った。

『A Farewell to Arms』（武器よさらば）

帰りの列車で読み始めた。

お。どうした！

私は感動した。読めるのである。すらすらと。何としたことだろう、とあっけにとられてしまった。

私は、列車の窓を開け、身を乗り出して叫びたくなっていた。

「おーい。おれは、ヘミングウェイが読めるんだぞお」

自分では、まったく意識しない内に、英語の読解力がジャンプしていたのだった。

高校に入った。

すると、担任の先生がなんと石橋先生になっていた。

先生がある日、私を外に連れ出した。

「君はどうだ、高校の英語なんてつまらないだろう」

「え、はい。何と言うか、難しくはありません。先生のおかげです」

「授業、聞かなくていいんだよ。君の実力は大学生以上だからね。ぼくに習ったこと、内緒にしててくれよ。約束だよ」

世界への窓

覚悟はしていたものの、どうにも書き難い。恩師が、誰にも言うなよ、約束だよ、とおっしゃったことを、ぬけぬけと公表しているからだ。

でも、あれから六十年余が経っている。時代は変わり、英語がはんらんしている。それなのに、外国語を苦手にしている者が多過ぎる。私が育った頃とはまったく違い、学ぼうという気があれば、チャンスはゴマンと転がっている。

学ぶ気がないのだろうか。外国へも気軽に行けるようになっている。帰りの飛行機の中で、

「ようし、日本に帰ったら、やるぞ。気を入れて英語ぐらい読めるようになりたい」

そう思うのだそうだ。けれども、それも三日坊主、何もしないで日が過ぎていく。

私は、石橋克己という先生のおかげで、一生の宝を授けていただいた。運としか言いようがない縁で、中学の三年間、すごいものを与えられ、砂漠の迷い子が水を飲むように、素直にガブガブ飲んだ。

もちろん、大学でも英語の授業はあった。ロバート・ルイス・スチーブンソンの『砂丘のあずまや』という小説を読んだのだが、私にとっては、何でもないことだった。これが大学で教えるものかと呆れたりした。

数学、物理、分子生物学などを深める授業もあった。学生用の生協に行くと、ボールドウィンなどの名著が、写真製版され、安く売られていた。そのような本を、片っ端から買い求めて読んだ。

外国語の方が、どれだけ分かりやすかったことか。解剖学の用語など、私は横文字で記憶しているが、日本語のしかつめらしいネーミングは、今もって分からない。

専門課程に進んで、紐とくものはほとんど外国語だった。そういう世界に、普通に入っていけた。

そして、仕事で、世界中の難しい場所を旅した。カラハリ砂漠。メガラヤの大地。アルナチャールプラデッシュ。そういう所の資料は、日本では手に入らなかった。現地へ行き、さがすしかなかった。

買えば、読まねばならない。しかも、テントの

中で、ローソクの明りの下で。

語学の力を身につけていてよかったと、しみじみ感謝した。

後に私は、動物王国という変てこなものをこしらえた。すると、都会の生活に疲れた若ものが次から次にやってきた。のべで、百名は超えていただろう。

私は彼らに、世界を見てもらいたかった。そのためには、少なくとも英語ぐらいは。

そう思って、教えようと試みた。

何度か読書会を開いた。もちろん、日本語じゃなかった。何人かがテキストを忘れていった。それを開いてみて、びっくり仰天した。単語の下に一つ一つルビがふられていた。

まるで、クイズだ。英語の文章を分析しようとしている。私は、こりゃ駄目だと、暗たんとしてしまった。

語学の要諦

日曜日。石橋先生のお宅。私たちは、小さな卓袱台（ちゃぶだい）をはさんで向かい合い、イギリスのことについて話しこんでいた。

はじめは、ロンドンについてだった。その歴史について読んだばかりで、私には驚きだった。ローマがイギリスを征服する。その際、大きな川があってイタリアからの便がよく、広い場所。それで選ばれたのが、今のロンドンがある沼地だったという。

先生はしかし、ローマが築いた時代のことは、あまり喋（しゃべ）りたくない様子だった。

大英博物館から川へ向かって歩き、ソーホー地区に出る。それから、ピカデリー・サーカスはすぐ近い。

先生は、嬉しそうに目を細め、

「サーカスの意味は知ってるよな」

「はい。教えていただきました。ある広い土地があり、幾本もの道がそこに集まってくる所でした」

「うん。道路はだから放射状についているから、二本の道の距離は先へ行くほど大きくなってくる。横へ曲がろうものなら、ちょっと距離感が狂うことがある。用心しなければいけないね。小説を読む際にも、地図を手放したらいけないよ」

「ピカデリーのハロッズ」

「有名だね。近くに中華街もあってね、すこし行くとチャリング・クロス駅がある」

「トラファルガー広場にネルソンの記念柱」

「サウスバンクのウォータールー駅も有名だね。ああ、ロンドン塔。テムズに架けられたタワーブリッジ」

先生は、イギリスを愛しておられた。

私は、話題を絵に変えた。

「ブランデンが東大の美術教室で講演したものを読みましたが、彼は、印象派のはじまりはイギリスだと強調していましたね。ターナーがしかり、あの色の重なりは、マネやモネに通じるものがありますね」

「ナショナルギャラリーだよ、君。ロンドンへ行ったら、ぜひ寄りなさい。ターナーの絵。トラファルガーの戦いに参加した戦艦テメレール号。あの空と海の色。印象派の始祖と言ってもいいものがあるな」

「それから、イギリスの風土！　一日の内に、雨、晴天、いろんな天気がごっちゃにあるから、ターナーなどの絵が生まれたと言っていました」

「そうか、そうか」

先生は、満足そうに頷(うなず)いた。

「一次大戦をはさんで、文化の流れはフランスへ行きましたね。マネ。モネ。ドガ。みーんなモンマルトルの丘を目指してたそうですね。人間の時代。自由の時代。人間は自由なんだと気づいた頃。芸術家たちは、群れ、酔い、わめき……」

「日本の戦後。どことなく似てないかな」

「言えてますね」

イギリスからフランスへ話は移り、ゴッホになり、ピカソになった。

私は、その底に流れるものこそ、語学にとって大切なのだと、まだ気づいていなかった。

赤ん坊になって

さてさて、私は語学習得のために二週間という時間をとってブラジルにきていた。毎日スケジュールに追われている身にとっては、贅沢なことだった。

しかし、ぼやぼやしてはおれなかった。ブラジルは遠く、往復で四日はかかる。

着いた翌日、本屋に行った。英語を学ぼうというポルトガル語の本を入手した。

これは面白かった。約三百ページだったが、半日で読了した。日本語が混じっていないのがよかったと思う。

これは後日のことだが、ドイツ経由でブラジルへ行ったことがある。途中、フランクフルトで待ち時間が四時間ほどあった。久しぶりのドイツだったせいだろう、興奮して、トランジットルームでドイツ語を喋った。

すると、ブラジルに着いてから、現地の言葉が出てこなくて困った。切りかわるのに、四日ばかりかかった。脳という代物は、げに不思議なものである。

リオのオリンピック。アナウンサーが登場し、「ボンディア（今日は）」とまず呼びかける。私は苦笑し、違うぞ、と叫びたくなった。短い言葉なのに、まったく違った発音だった。何とか聞けるようになったのは、十日ぐらい経ってからだった。

げに、言語は難しい。

新しい言葉をわがものにするには、子供にならねばならぬと私は思う。赤ん坊。ゼロである。ゼロからスタートして、次から次へと足りないものをプラスしていく作業が必要である。

決して、単語に一つずつルビをふり、関係代名詞の所で、何々するところの、と引っくり返して読んだりしてはいけないと思う。

それだったら、文章を丸暗記した方がよっぽどいい。文章をクイズか何かのように、分析してはならないと思う。

風呂(バス)に入る。その度に例の本を持ちこみ、一章ずつを読んだ。

ロビーで新聞を読んだ。

町へ出る。バールでコーヒーを飲む。と、顔見知りが出来て話しこんだ。


ジョルジェ・アマードの『ティエタ』という小説にとりかかった。

サッカーの週刊誌を買ってきた。

それに、テレビ。

部屋のメイドたちとも仲よくなった。

「子供はいるの?」

という、ごく普通の会話から始め、結構長時間話しこんだりした。

そうだ、とまた貧乏根性が出た。

折角(せっかく)ここまできているのだ、長年の夢を実現させたい。

パンタナールだ。あの大温泉だ。

すでに三度ほど訪れていたが、まだ川が澄んでいる所には行っていない。アンデスからの水が、一度地中にもぐり、わき出している所があるはずだ。そこの魚に会いたい。大ナマズを抱いてみたい。

私は、電話魔になり、場所をさがし始めていた。

大河の魚たち

アマゾン川は、広く、大きい。場所によっては、対岸が見えない。船を借りて中へこぎだすと、まるで海そっくりのうねりがある。

広いだけに、魚の種類も多い。地元ではカンジェロと呼ばれる吸血ドジョウだけではなく、ピラルクという何百キロにも達する怪魚もいる。ピラルクが採食する時などは、

〝バカーン!〟

という轟音を発する。大きいだけに、小魚を一尾ずつとらえていても話にならない。エラ蓋を一気に開き、水流を起こし、群れごと呑みこむのである。これを知らない時、私はてっきり誰かがピストルを射ったものと勘違いした。

ピラプタンガ、タンバキー。マナウスなどに寄ると、川のほとりにある屋台で、塩焼きにして売っている。ペルーまでさかのぼると、全身よろいを着たようなナマズを、屋台で売っていた。これが、結構うまい。

大ナマズ。スルビンやピンタード。

いずれも白身で、都会では珍重される。一流レストランのメニューにのっていたりする。これは釣りをしていて、ハリがかかりすると大変である。

私は、二歩、三歩、水の中へと引きこまれた。

ピラニヤも除けない。

最近は、若いレポーターなどの旅番組が増え、ピラニヤを釣ると、まず、

「これは危ないです」

と言う。そして口の中に木の枝などを押しこむ。すると、ピラニヤは、ガリガリと噛み、ついには砕いてしまう。

彼は言う。

「泳いでいて、これに襲われると、ひとたまりもありません」

アマゾンを撮った記録映画で、ピラニヤの沼に牛が入りこみ、あっという間に白骨だけにされたシーンがあった。

これは、嘘だと思う。弱っている牛を沼に追いこみ、人が手助けして、ピラニヤに襲わせたものだと思う。

インディオの目から、中に喰いこんだカンジェロが、ぶらりと垂れ下がっていたというのと同様のヨタ話だと思う。

こういう珍魚、怪魚の情報は、ヨタ話ほど迫力がある。

私は、まず、実物に触れたかった。

アマゾン川の中流、マナウスへ飛んだ。

川岸に熱帯魚屋があった。

「あのう、カンジェロっていう名の魚、売ってますか」

「カンジェロだって？　あんな魚、誰が買うもんですか」

「危ないからでしょうか」

「いや、うちは観賞用の魚を取り扱っているのですよ。カンジェロなんか……。や、そうですか、見たいですか。だったら今晩、釣りに案内しましょう」

カンジェロは、夜行性だった。私は、仕度をして、船に乗った。

運、不運

アマゾン川をさかのぼっていくと、中流域のマナウスで、川は二つにわかれている。リオ・ネグロとリオ・ブランコだ。そのどちらかを、さらに遡上する。川幅は狭くなり、両岸には熱帯の樹木がびっしり生えている。

しばらく船で走っていると、木々の緑は緑の壁に見えてくる。

まるで遊園地の水路を行っている感じがしなくもない。

ところどころに家がある。

大きな集落がある所では、子供たちが元気に泳いでいる。大木の枝からじゃぼーんと飛びこむ子もいる。

船を着ける。

「おうい、今日は。ちょっと訊きたいけど、ここらにはカンジェロいるかい?」

「いるさ」

「どうだい、あの魚」

「どうって、さあ、この水の中にいるさ」

「好きかい」

「へ、好きかって……。あんなもの、好きでも嫌いでもないさ。普通にいるよ。あれさ、うまくないんで、おれたち、食べないよ」

彼らは、水の子である。水の民だ。暑い日には、何時間も水に入っているだろう。船からドボンと落ちただけで、目の中にカンジェロが入りこみ、ぶら下げたまま浮いてくるインディオがいるというのに！

第一、目のまわりには、神経が張りめぐらされている。敏感なまつげも生えている。何かがちょっと触れただけで、手で払うし、きゅっと力をこめて閉じてしまう。

死体なら分からぬでもない。ドザエモンの目に、カンジェロが喰いこんでいても不思議ではない。

ある美人レポーターがアマゾンを訪れた。

そして言った。

「川のほとりに家がぽつーんとあり、お邪魔して、庭に一人で坐ってたら、川と緑が溶け、いつしか空が降りてきて、何もかも一つになり、よかったわあ。あんなこと、初めて経験しました。よし、と思いました。こういう所に住んでやろうと」

私は首をすくめて言った。

「家の裏手に行ってみましたか。長さ一メートルぐらいの墓がたくさんあるから。避妊などしないから、子供はどんどん生まれます。運がいい子は生きのびますが、悪い子は病気になって死んでいくのですよ。どのようにして免疫を獲得するか、そんなこと神にしか分からぬことです、運ですよ、運」

水浴びをする子供たちは、強運の持ち主なのだろう。私は、この美人レポーターが、水辺に住んで、一体何日生きていられるのだろうとおかしくなった。

アマゾンに住む者もそうだ。森をいくつか越えた先にある隣村に、嫁に行ったとする。と、何年か、病気で苦しむという。

蚊にさされたとする。森を越えた所にいる蚊は、別の病を持っているそうだ。免疫を得るまで、苦しむのである。

これがカンジェロ

大河の水面でゆらめいていた残照が薄れ、奥に濃い藍色を含んだ灰色のもやが、四周からわき上がってきていた。水の匂いが、ひときわ強くなった。

私は、マナウスの魚市場を横切った。早朝から人でごった返す市場が、閑散としていて、広くなったように感じた。

約束した男たちは、すでに船をまわし、私を見つけて手を振った。笑顔の中の歯が、無気味なほど白かった。

「ボワノイチ（今晩は）」

挨拶をすると、元気な答が返ってきた。

「ボワノイチ・セニョール。トゥドベン（調子はどうだ）」

「エクセレンチ（絶好調）だよ」

ポルトガル語がスムースに出て来た。

竹竿が用意されていた。

船に乗りこんだ。

船頭のホベルトが、エンジンをかけ、船をまわした。魚市場の岸壁にそってくだり、

「さあ、ここだよ。餌は、そのバケツ。切っといたからな」

「オブリガード（有難う）」

私は、竹竿の中から一本を抜き出した。バケツから切身を一つ取出して、ハリにつける。ハリ先を出し、指の腹でさわってみた。先は、十分にとがっていた。

ははん、と思う。カンジェロは肉食魚だ。ホベルトがここを選んだということは、市場から流れ出す魚のくずをねらって、吸血ドジョウが多いのだろう。

小指の先ぐらいのおもりがついていた。気は心だ。どうせだったら多くいるだろう方向、市場の方へ糸を投入した。

水深は十メートル弱。

竿を立てる間もなく、魚信がきた。コチン。グッグッ。鋭角的な鮮やかな魚信。

手元に寄せた。糸をつかんで、船の上に上げる。

「ははは、カンジェロだよ」

ホベルトが笑った。

これか。これが、カンジェロ。アマゾン河の魔

魚。さがし求めた、魚。

ぬるっとしていた。日本だったら、名の通り、ドジョウそっくりだ。

ハリから外した。

さあ、次の一尾。

釣り師根性がめざめていた。竿を持って水の上に出ると、どうしても、釣れる内に釣っておこうという気になってしまう。

二投目。

コチン。グ、グー。

ハリは、きれいに口にかかっていた。

三投目。

同じこと。

釣り外しもなければ、餌とりもなかった。一投毎(ごと)に、小気味よく上がってくる。

皆、同じサイズ。体長は、二十センチ前後。

私は、タバコに火をつけた。もういいかなと満足していた。

ドジョウのハナシ

吸血ドジョウというと、どうしても吸血鬼ドラキュラを連想してしまう。

ましてや、それは茶色に濁った大河アマゾンに群棲（ぐんせい）しているのである。動物に噛みつき、流れ出てくる血を、あの細い口で、ちゅうちゅう吸いこむところを空想する。

ハナシになると、一変する。人の口の端にのり、次々にハナシこまれるに従って、立派なホラ話になっていく。

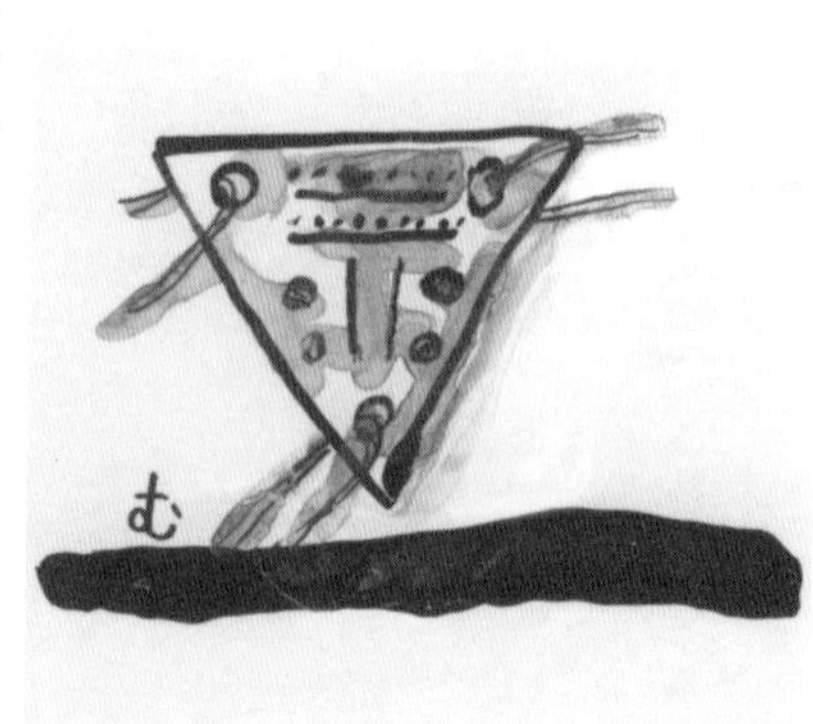

この手のハナシにかけては、マナウスのホベルトは、恰好の人物だった。

「おれ一回、上流のワンド（川の流れの具合で入り江になっている所）で、巨万の大群を見たことがあるなあ。水よりカンジェロの方が多いくらいだったよ」

じゃあ、何を食べて生きているの、などと訊いてはいけない。このアマゾンでは、何でもありなのだから。

水位が急変する。涯（はて）しない海のようだった所の水がひき、川になり、ワンドが出来る。そんな時、魚だらけの所が出来ても不思議ではない。

ホベルトは続けた。

「あのよぅ、昔、インディオたち、特に女性はよ、特別の水着を着用して泳いでたものだよ。本当だって。今でも売ってるのだから」

「へーえ、日本の戦国時代みたいだな。おれたち、ヨロイと言うけどね」

「そうじゃない。大切な部分を隠すのさ。陶器で作るんだけどね。ま、今で言う、ビキニみたいだな」

「ふうん、女性自身に入るわけだな」

「ある時、水商売の女たちが連れだって泳いでいたら、一人が、重い、重くなったと騒いだんだ。陸に引き上げて調べたらよ、何と三十尾も入ってたんだとよ」

それだったら、釣りをしないでいいわけだ。

「たくさん見たいようだな。いい所があるよ。今晩行こう」

ホベルトは、市場から数十キロ上流まで車で行った。

家畜処理場。


と記されてはいるが、板張りのバラックだった。そして、床は、五、六メートル川の方へ張り出していた。

ホベルトは、得意気に刀を振りおろす仕草をして言った。

「ここでバッサリ。すると、血なんかは掃除しなくていいだろう。臓物でもさ、要らない所は川にボチャン、それで済んでしまう」

「へーえ、血は食べないの?」

初耳だった。ブラジルでは、いやマナウスでは、血を食べないのか。

チベットでは、動物を腹を上にして押さえつけ、手を入れて肝門脈を引き千切った。そして腹にたまってくる血液を汲み出し、料理に使うのである。タイなどもそうだ。血液は、ビニールの袋に入れられ、市場に並んでいる。

血液を大地に流すのは、キルギスやカザフスタンだった。

カンジェロ狂乱

斜め前方にある街灯の光が、水面で遊んでいた。陽が沈み、夜のとばりがおりてきていた。中天で星が輝いている。

板の間の東の端に、牛の頭を引きずって、私はロープを用意した。右の耳をしばる。左の耳も。ロープを中央でまとめる。

何かおかしくなった。頭を売ってくれとマネージャーのリゾに頼むと、一瞬ポカーンとして、キツネにつまれた表情をした。

「カベッサ（頭）だよ。バカ（牛）の」

と、私が念を押し、平手を顎の下にまわし、右へ引いてチョン切る仕草をした。

「ハハハ、カベッサね。カベッサ」

リゾは、空を向いて大声で笑った。

それを思い出して、私は肩をゆすった。

「さ、手伝ってくれ」

ホベルトが口のあたりを持った。

「この真下でいいと思うよ」

ボチャーン。

牛の頭が落ちた。そして、黒い川の水に消えていった。

私は、ロープを持っている。一時間ほど水に浸けておき、引張り上げるつもりだった。

目をこらす。大河の水は、ゆっくり流れていた。カベッサが沈んだあたりから、泡が立ち昇ってきた。

泡。泡……。

口の中かな。鼻の中かな。

空気があったんだと理解する。

そして五分。水の中から頭が出てきた。

何だ。どうしたい。何故、浮くのだ。

浮かんだ頭のまわり。何かがうごめいていた。ぐちゃぐちゃと。

目を皿にした。

それは、頭に嚙みついたカンジェロの群れだった。われ先に、頭の中へ入ろうとしていた。その魚の動きで水がかきまわされ、頭のまわりが波立っていた。

魚が嚙む。えーと、浮力が働く。

待てよ、そんなはずはない。魚の浮力は、浮き

袋によって調節されていて……。

ドジョウは、嚙んだ口を支点にし、あのしなやかな体を、らせん状に動かしていた。まるでプロペラ。牛の頭は、無数のスクリュウを取りつけられ、前進していた。

ホベルトが、感にたえたように言った。

「いるもんだねえ。百尾。いや、五百尾。もっとかも知れないよ。へーえ、このマナウスでねえ、へーえ」

「それじゃきかないかもよ。はやい奴は、脳まで達してるかも」

「へへへ。気味が悪いな」

カンジェロの胸びれは、特別な進化を遂げていた。肉の中にもぐりこむ。すると、左右に開く。と、鋭いひれが肉に喰いこむ。だから、前進は出来るけれど、後退は出来なくなっていた。

牛頭の目を調べた。目をねらって入ろうとするカンジェロは、一尾もいなかった。

ブラジルの木

その町の名を聞いたとたん、私は身を乗り出していた。

ベレン！　あのベレンだって！

それは、大河アマゾンが大西洋に注ぐ、河口にある町のことである。川という内陸に通ずる大動脈を控えているので、古くから盛えた。昔のブラジル旅行記を読むと、まず船はベレンに着いている。移民たちを乗せた船もここへ入港するのが普通だった。

私がベレンを初めて訪れたのは、三十年ほど前のことだった。ロケの帰り、フジテレビのニシザキさんが、

「ちょっと、ちょっと寄って行きませんか。あそこは、見ておく価値がある所です」

と、誘ってくれたのである。

ブラジルへは何度も行っていたので、いっぱしのブラジル通だと思っていた。だから、わざわざ行くなんてと実は億劫（おっくう）だった。

ところが、行って驚いた。他の町とまったく違っていた。ビルも多いし、車も走っていた。だが、のんびりしていた。

街路樹がすべてマンゴウの木であり、公園に寄ると、原種に近いマンゴウの大木が、たくさん実をつけていた。

ここはかつて、コレラが猖獗（しょうけつ）し、大変な目にあった。その病魔を克服した時、時の市長が、ようしマンゴウを植えようと決断したのだそうだ。ホテルの前に、小さな公園があった。私は公園の芝生に寝そべっていた。

何かが違う。これって何だろう。

のんびりしていた。この町にいるだけで、心が広くなる感じがした。

人はたくさんいる。商店などで働く若い女性に、あっと驚くような美人が多かった。

「ここは、インディオとの混血が多いので、日本人好みの美女が多いんです」

と、ニシザキさんが説明してくれた。

私はタクシーに乗って言った。

「この近くに、アボーレス（木）ブラジルがあるかい。あったら、そこまで行ってくれ」

ブラジルの木は、見ておきたいものの一つだった。ブラジルという名は、もともとは木の名前で

ある。木の皮をはいで加工すると、赤い染料がとれるのだ。ブラジルの木は、ヨーロッパへ輸出された。当時は、合成染料があまりない時代だったので、ブラジルは有名になった。それが、いつしか国名になってしまったのである。

タクシーは町の外に出た。

亭亭（ていてい）たる大木があった。

「そうか、これがブラジルの木」

私は触れてみた。皮がぼろりと取れた。それは今、私の机の上にある。

そして、ふと横を見た。すると、なんと、オオアリクイが歩いていた。

「何だ、何だ、ようし、よしよし」

私は座って呼んだ。すると、何をどう間違えたか、そのオオアリクイは近寄ってきた。

私とキス。

それだけでも、ベレンは忘れられない町だった。

カン、カン。カランゲージョ

今日のメシはカニにしましょう、とニシザキさんが先に立って歩き始めた。

ベレンの旧市街。家と家がくっついた感じで並んでいる。壁は、薄く、くすんだパステルカラーに塗られていた。

四つ辻に出くわすと、彼は首を傾げて行先を見究め、こっちでしょうと歩を進めた。

「カニは、ずいぶん、いろんな所で食べましたねえ」

と、私は後を追う。

彼はもともとドラマの方のディレクターだった。でも、私と旅をしながら番組を作るようになり、一緒に地球を駆けまわった。

「オーストラリアのストーン・クラブ」

「ほら、アラスカのスノー・クラブ。コディアク島で、漁船から揚げる所に出っくわし、あれは美味しかったですね」

北海道にも、何種かいる。無人島に住んだ時、浜を散歩し、漁師が捨てた網をいくつも拾った。破れて使いものにならないようだが、石をくるみ、釣った魚を入れて海に放りこんでおくと、ハナサキガニが五ひきも六ぴきもとれた。

漁師たちは言う。

「カニは泡を吹くほどまずくなる」

陸揚げしたその場でゆでなければ、うまくないと言うのである。

これは真理だった。島の生活で毎日食べたカニの味は最高だった。

観光地などで、水槽に入れ泳がせて売っているものがある。これには、ときどきダマされる。水槽に入れられている期間が長いと、やはり味はガクリと落ちる。

ニシザキさんが笑いながら、

「ここにはカニがたくさんいるらしく、そうそう、ここではカランゲージョと呼んでます」

「ポルトガル語ではシリー（siri）ですがね。都会のレストランでメニューにのってますよ。注文すると、カニのこうらに脚の肉を入れた料理が出てきました」

「どうでしたか？」

「まあまあですね。ここの言葉なら、マイゾメノスです」

「そうだ、そうだ。カランゲージョは上海ガニに似てますよ」

「それなら、うまいはず」

私たちは、彼が目ざしていたレストランに着いた。

盛んなものだ。すでに先客がいて、木の小槌（こづち）でこうらを叩き割って食べていた。

カン。カン。ピシャン。

ピシ、カン、カン。

早速、仲間入りをした。

すると、ゆでられたカランゲージョが、大きな容器に盛られ、どっさり届いた。

一ぴき、とる。木の小さなハンマーで、カニの脚を割った。

カン、カン。

その味のいいこと！

天下一品だった。

アマゾンのしびれ草

旧市街をゆっくり歩く。右へ折れる。小さな教会があった。その横に、お目当てのレストランはあった。

ニシザキさんは、かつてドラマを手がけていた頃、このベレンの近くにある日本人の移住地をテーマに取上げ、しばらくベレンに滞在したのだそうだ。その節、スタッフと一緒に食べ歩きをして、ここには忘れられない料理があったそうだ。

テーブルに案内された。彼は、少し顔を赤らめ、

「パト（アヒル）。パト、あるかい」

と言った。メニューを胸に抱えたままのギャルソンは、にっこり笑って、

「ああ、パト・ノ・ツクピ。ジャンブーをそえるのだろう」

「イエス。そうだ、そうだ」

「了解。そこのあなた、あなたも同じものでいいんだよね」

「イグアル（同じもの）を、どうぞ」

ワインを注文する。チリー産の白。

カニとここの料理は、ニシザキさんのいわばソウルフードみたいなものらしい。これを食べるために、私を誘ったもののようだ。

料理が運ばれてきた。

中央にパトがでーんと構えている。

ソースは灰色。それがツクピだった。ツクピというのは、アマゾンでよく使われるソースである。市場では、ビール瓶に入れられて売られている。

マンジョウカ（タピオカの一種）のしぼり汁だ。アマゾンのマンジョウカは、毒性があり、水にさらさなければ食べられない。原住民たちは、タルを使い、竹のトイを用い、水にさらして毒を抜いていく。

私は、その仕掛けを見た時、ああ、水の民の食文化だと感心した。

かつてアフリカのサン族を取材したが、彼らは、何もかも一緒だった。砂漠で集めた植物をうすに入れ、つぶし、そのまま団子にして食べた。その味！　あくがきつかったこと！　もし、水が豊富にある所で暮らしていたら、あく抜きの技術が発達しただろうに！

パトの横に野菜があった。

「これがジャンブーでしょう」

私は、フォークですくい、食べた。

何だ、これは！

初めて口にする味だった。噛んでいると、口腔粘膜がしびれてきた。

これは！　アマゾンのしびれ草!!

私は、パトを切って含んでみた。

違った。アヒルの味ではなかった。

違う味にくるまれている。

天使の微笑。

「ああ、四川で同じ経験をしました。あの麻婆豆腐発祥の地、麻婆豆腐を最初に作って売った店、そこで食べた料理が、やはり口の中がしびれましたね」

「このジャンブー、水辺に生えている草だったのですが、今では、栽培されているそうですよ」

私は、もう一度ここへ来て、ジャンブーを食べたいと思った。

マラジョ島のカニ

大、アマゾン川。長くて、広く、大きくて……。憧れに憧れて、中流域のマナウスで、この大河の岸に立ったのは、人生の半ばに達した頃のことだった。もちろん、対岸は見えなかった。目を細める。かっと見開く。正面にはかすんだ水の線。水、水、水。大量の水があり、しかも、左から右へゆっくり移動していた。

私はしばし大河に圧倒されていた。体の中から内臓が消え、心臓だけが動いている感じがした。この水は一体、どのくらいで海へと届くのだろう。

船外機つきの小舟を借りた。まず上流へ。そして下流へ。流れを横切ってみる。舟は、快調に進んだ。走らせている内に、川が憧れの中の存在から、より身近なものになる感じがした。

水は、茶色に濁っている。水に泥が含まれて、下流へと流れていく。

河口では、水流が弱くなり、下へと沈澱する。そこに出来るのが三角州である。アマゾンの場合、それは大きく、マラジョ島と名づけられている。途徹もない大きさで、九州と同じくらいあるのだ。

ベレンで、私は魚市場に行ってみた。

屋根に黒い鳥が並んでいた。日本ならば、ハトやカラスが並んでいるみたいに。

細い首。長くがっしりしたくちばし。胴は大きい。ウルブー、クロハゲワシだった。

――町の鳥がハゲワシか。

舌を巻く思いだった。いかにもベレンらしいと感心した。

ハゲワシが地上におりてかたまっているので、何だろうと近寄ってみると、彼らは交通事故で死んだ犬の死がいを囲んでいた。

市場には、大ナマズやピラルクが売られていた。ピラルクは、三枚におろされ、くるくる巻かれていた。

さて私は、マナウスのホベルトに紹介され、ベレンに飛んできていた。

ホベルトは、熱帯魚を扱うので、各地に友人や知人がいた。

「ベレンでは、ペレイラですな。あいつは、近辺のことなら何でも知ってますよ」


と電話をかけてくれたのである。

ペレイラは、私が吸血ドジョウ、カンジェロについて知りたいと言うと、ふうん、とそっぽを向く感じだった。

「カランゲージョ（カニ）についても」

とつけ加えると、そうか、そうかと話にのってきて、それだったら、マラジョに行かねばと言った。カニの主な漁場は、河口にでんと居すわっているマラジョだと言う。

「おれ、アマゾンの河口で釣りをするのが昔からの夢なんだけど」

「それもマラジョよ」

と、ペレイラは、私をいきなり船にのせ、マラジョ島へ連れてきた。

漁師と会った。ふんふん、これから捕りに行くよと、漁師はマングローブの林に案内した。テグスで輪をつくり、泥の穴の入口にわながしかけられていた。

腕を突っこみ、カニの漁

港の近くに町があった。木造の家がくっつくようにして並んでいる。

その中に、ひときわ間口が広い店があった。正面に大きなつぼが並んでいた。南米の屋根がわらの色であり、大胆な直線と曲線でもようが描かれている。

私は足をとめた。

マラジョ焼きだよ、とペレイラが説明した。

「かつてここには、インディオだけが住み、独立国だったこともあるんだよ。だから、独自の文化を発達させ、このマラジョ焼きは、今でも人気があるんだよ。寄ってみようか」

店に入った。入った右手の壁に、例の三角の陶器がずらりと並べられていた。女性が水に入る時、吸血ドジョウが入りこまぬよう、秘所を覆っていたという水着だ。

「あ、そうか。そうだなあ」

私は、やっと気づいた。

マラジョは三角州である。流れてきた細かな砂泥が長い年月の間に積もりに積もって出来た島である。堆積土の島。ぬるぬるした川底の土の中には、微生物がたくさんいるはずであり、餌には困らないはずだ。

中学から高校にかけて、私は郷里の大分県で、ウナギを獲るためにドジョウをつかまえた。ドジョウは、田んぼに水を引くために作ってある細い溝にいくらでもいた。また、稲を育てる手順で、農夫が水を遮断すると、ドジョウが獲りやすくなった。小さなスコップで、底の泥を掘ればよかった。ひと掘りで、十尾以上出てくることもあった。

私は、カンジェロ（吸血ドジョウ）の、防護用の水着を四枚買った。そのうち二枚は、五十年以上前に作られたアンティークだった。

マラジョは、水牛の飼育が盛んである。年に一回行われる水牛のレースは壮大であり、参加したいレースの一つだった。

川は、いく本もあった。

ペレイラは、その内の一本をたどって海の方へ歩き始めた。

「ぬかるみ、気をつけてよ」

油断をすると、ズブズブと太ももまでもぐってしまう。そうなると大変だ。もう片方の足も泥に埋もれ、助けを呼ばねばならなくなる。

やがてマングローブの林に到達し、根もとには穴があった。それが、カランゲージョ（カニ）のものだという。

ペレイラは、テグスを取出し、輪をこしらえた。その輪を穴の入口に仕掛ける。

「へーえ、それに引っかかるのかい」

「いや、餌をとりに出かけ、帰ってくるだろう。その時、カニの脚のどこかが引っかかるのさ。で、中へ引張りこむ。このテグスが入ってれば、だから力ニが穴にいるわけ」

「ふうん」

「でよ、あとは中に腕を突っこんでさ、カニをつかまえて、いただくのさ」

「あ、これだな。テグスが中に入ってる」

面白い漁があったものだ。私たちは、次から次にカニをゲットしていった。

山のごちそう

動物だって家を作る。分類学的に下等な動物であっても、身のまわりにいろんな材料を拾い集めてくっつけ、結構しっかりした家にする。

私たちが属する哺乳動物ではどうだろう？　最も簡単なのは、土に穴を掘ることだ。アフリカにいるイボイノシシの仲間は、私が中に入れるくらい立派な穴を掘っていた。オーストラリアのウォンバットの穴は、深かった。

マラジョ島のカニの穴は、夜もぐりこんで安穏に過ごすためのものだ。穴をねらってもぐりこみ、カニをねらう敵がいないので、ここで特別に進化したものだろう。

でも、それをつかまえる罠の単純なこと。カニにからまりつき、しっかり確保するものではなかった。カニの甲羅、脚のとげ、どこかにテグスが引っかかればいいのである。テグスは、穴の中へと引きこまれる。

そこへ手を入れる。カニを見つけて引張り出すのである。

「おれ、やってみる」

私は手を入れてみた。

ダメ、だった。手が短いのである。

「おれ、手が短いからなあ」

と嘆かざるを得ない。

これは、日本人という人種的な問題である。ペレイラと比べてみる。

「それみろ。十センチ以上長さが違う」

暑い所で進化した人類は、体表面を大きくするため、手足が長くなる。

寒い所では、胴が太く、手足が短くなる。

「ペレイラよ、ほれ、君のまぶた、二重じゃないか。それってチンパンジーなんかと同じだよ。われわれみたいに、北で進化したものは、まぶたが凍らないように、一重なんだ」

そして、身ぶりを加え、

「この罠ねえ、動物が入る。するときゅっと締まる。そうやっている所もあるんだよ」

「やっぱりカニをとるのかい」

「いや、場所はタイ。タイでは、田んぼのまわりに穴がたくさん開いている。そこへ手を突っこんで、小さなカニ、サワガニをとって食べる」

「おいしいのかい?」

「カランゲージョほどではないけれどね。タイでも、ずっと奥地だよ。山また山。そんな所。少数民族が住んでるんだがね、そう、ブラジルで言えばインディオかな。その人たちが獲物をとりに行くというから、ある日、ついて行ったよ」

タイ奥地の、山の斜面。

現地の男のマネをし、腰に手をあて、体をななめにし、すかすようにして眺めた。と、穴があった。私のこぶしが中に入るぐらいの穴だ。

そこへ、ピアノ線を輪にしたものをしかけて行った。

しばらく行くと、前にきて罠をしかけた場所に出た。ピアノ線を引張った。すると、穴の中から、体が締めつけられ、グロッキーになっているネズミが出てきた。

市場には、板に張りつけられたネズミが売られていた。山のネズミは、おいしかった。

暑い国のネズミの保存

地球は広い。この世に、ネズミを常食にしている人びとがいるのである。

南インドだった。地面にへばりつくようにして生きている人がいた。ご存知の方もいようが、インドではまだカースト制度が事実上残っていて、彼らは最下層の人びとだった。

定住する土地は辛うじてあった。だが、しっかりした家を建てるゆとりはなく、戦禍を逃れて移ってきた避難民の小屋みたいな所に住んでいた。

私は、にっこり笑って言った。

「ハウ・アー・ユー?」

「元気だよ。どうもどうも」

相手は、目をくるくる動かして答えた。ハグすると、たき火の匂いがした。

「インドのワニについて、話を聞かせて貰えたらと思って」

「ああ、ガーね」

「そうそう。鼻っ先にこぶがあるワニ」

「今夜ね、それでいいね」

「OK。すべては、それから」

「ま、今からな、ちょっと」

「ふうん」

「ちょっと、畑にね」

彼らは、四、五人が集まり、出かけるしたくをした。鉄の棒、袋。それから一人は、大きなツボを背負っていた。

一行は、すたすた歩いた。田んぼのあぜ道をすごいスピードで。

途中、一人が松の枝を折り取っていた。

「ここらでいいだろう」

リーダーらしき男が、鋭い目つきであぜ道を見た。そこには、穴が一つ。

まず新聞紙を詰めた。それから、松の枝を折り取ってさしこんだ。

火をつけた。煙がもうもうと出る。その煙を、手と板で器用に穴の中へと導いた。

すると、十メートルほど離れた所から、細い煙が立ち昇る。と、一人が、そこへ飛んで行って身構えた。

中からネズミが。

男は、そのネズミを素手でつかまえ、持参していたラジオペンチで前歯を折り、ツボの中へとほ

うりこんだ。二匹、三匹。四匹。

鉄棒を持った男が、松の枝をさしこんだ穴を掘った。突き刺しては前へ倒す。器用なものだった。

穴は、横に広く、ネズミの居住区だった。居間、育児室、貯蔵庫などと、空間を使い分けるタイプのネズミだ。居間にあたる所には、ネズミたちが折り重なるようにして倒れている。育児室には、中指大のまだ目が開かない赤ん坊がだんごになっていた。

「これがいいのよ。動物園に持っていけば、フクロウやヘビの餌として高く売れる」

男は手ですくいとって袋にしまった。貯蔵庫には、もみ。ネズミたちが田んぼでせっせと集めた米がどっさりあった。

ネズミは前歯を折られている。共食いの防止だった。ツボの中へほうりこまれ、生きている。ツボは、私たちでいうところの冷蔵庫だった。

ドジョウが入った

ドトール（医者）のヘンリケは、中庭で待っていてくれた。黄色のランが、見事な花をつけている。

「ま、どうぞ」

と、ドトールは椅子をすすめてくれた。

来意は、ペレイラが説明してくれていた。

「いやあ、本当にあったことなんですね。私は、興味本位のガセネタだと思ってました。この種の話は、尾ひれがついたり、ホラが混じったりして、面白おかしくなるものです。カンジェロ（吸血ドジョウ）が女性の中に入りこむなんて、それが本当のことだなんて、びっくりしました」

ドトールは、産婦人科の医者だった。ベレンでの開業医だ。

「私も驚きましたよ。本当に珍しい例でした。一例だけですがね、実際にこの目で見た時には、言葉を失いましたね」

「いくつぐらいのご婦人でしたか」

「三十後半。水浴びをし、水の中で気持ちよくなって、うとうとしてたんですかね」

「生理中でしたか」

「いや、普通の状態でした。痛いと言って駆けこんできて、診察台の上にあがって貰ったら、膣(ちつ)

口から魚の尾がでろりと出てるんですから、気持ちのいいものではありませんよ」

「鉗子（ペアン）を、おかけになりましたか」

「もちろん。奴は生きてましたからね、子宮口から中へ入られると厄介ですから、尾に大きなペアンを二つかけました」

ドトールは、有難いことに、医者には珍しく、煙草を吸った。私はほっとし、ポケットから一本取出して火をつける。

煙を吐出し、質問を続けた。

「引張ってみましたか？」

「ええ、ええ。大きめのペアンをかけてますから、ペアンを手前に引いて引抜こうとしたのです。だが、ビクともしません。調べてみたら、あいつ、胸に鋭いヒレを持っていて、それはパッと開くんですなあ。患者は、痛がりました」

ガセではない、実話のすごみがあった。私は身をのり出し、のぞきこんで、ハサミで切る仕草をした。

「切ったんですね、ヒレを」

「そうです。硬かったけれど、ま、切れました。それから魚をずるずると引張り出しました。残ったヒレは肉に食いこんでいて、奥の方へさしこむようにしなければとれませんでしたがね。あ、ここ、ここ。どうぞ食べて下さい」

メイドが、熱帯の果物を運んできた。

「いただきます。おいしいですね」

「時期がいいんですよ。私、これでも釣りキチでして」

「ワォ、それはすごい。実は、私もです。子供の頃から、釣りには入り浸りです」

「ここはいいですよ」

「でしょうね」

大ものねらいの釣りに、同行したくなっていた。

馬での釣り

マラジョ島は、マニアの間では、大物釣りのメッカとして有名だった。ナマズの仲間がとにかく釣れるのだそうだ。

アマゾンのナマズ釣りには、経験があった。頭の平たいものや、とがって体が流線型をしたカッコいいものもいる。

アマゾンの巨魚と言えば、何と言ってもピラルクだろう。昔は、インディオが槍でねらい、三日もねばれば一尾とれたそうだ。

川のほとりに生えている大きな木を選び、その枝に座って待つという。ピラルクは、水路にそって移動し、岸近くの水草に群れている小魚をねらって食べる。

その際、バカーン、という音をたてる。最初に聞いた時には、誰かがピストルを撃ったのかと思った。これは、ピラルクが両のエラぶたを一気に開いて、水を勢いよく呑みこむ音であった。さすがに巨魚、小魚を一尾ずつなどというケチな食べ方はしないのである。

ピラルクに実際にさわったのもベレンだった。W氏が趣味で自宅の庭に飼っていた。

「ははは、大きくなってな、子供用に作ったプールに入れてるのよ」

とのことだった。

ピラニアをすくって、入れた。

もう一尾。

バカーン！

パカーン！

ねらいは確実だった。ピストル様の音は、やり直すことはなかった。一尾一音。見事なものだった。

と言うことは、視覚がかなりいいということにつながっていく。インディオに訊くと、ピラニアを突くのは、たいてい浅い場所だという。

音を聞いている内、私は入りたくなった。

「中に……いいですか」

「へえ、入るの。大きいから、クイダード（気をつけてね）」

「大丈夫だと思います。クジラに抱きついたこともありますし、絶対に無理はしませんから。魚の力の強さは、充分に知っています。このくらいのコイでも」

と、私は両手を広げ、

「抱きますでしょう。暴れますね、肋骨が簡単に折れます」

「変な人だね、あなたという人は」

「魚を研究するためには、ぜひ必要なことです」

大学の修士課程で、富山教授の授業を受けた。淡水に生息するサメの講義だった。

「これは大ものでね。われわれは中国の川で採集したんだが」

先生は名調子で授業を進めた。

「釣るんだが、人の力では上がらない。どうすると思う？　馬を用意しておくんだよ。奴がハリにかかったら、すかさず釣り糸を馬のものに引っかける」

私はときめいた。馬で釣りをする？　そういう先生から、じかに話を聞いているなんて倖せのキワミだった。

ピラルクの反転

動物のそばへ行く時、私は決して無理をしない。水族館で飼われている魚であってもだ。

いつだったか、仙台の水族館で、マンボウの水槽に入れて貰ったことがある。足を入れるのに十分間、へそまで入るのにさらに十分間、全身を水に浸すのに三十分間かけた。

かけて、よかった。

マンボウというのは、外から見るのと違って、大変神経質な魚だった。ちょっと手を触れただけで、体色が銀色に変わった。色素胞への神経支配が発達しているらしく、流れもの下でのんびり暮らしているようでいて、体色を黒くしたり、銀色にしたりして、コミュニケーションをとっているのだろう。

ピラルクの時も時間をかけた。

プールのふちに腰をかける所から始め、壁ぞいに、霜がおりる時みたいに、ゆっくりゆっくり入った。

すごい存在感だった。まずもって、肉の厚みに圧倒された。

最初から抱くのは無理だとあきらめていた。

何かに似ている……。そうだコイのぼり。

コイのぼりが、肉をつけて浮いていた。赤い色がすてきだ。エラを動かしていた。急にパッと開くと、大きな音がして、口から水を吸いこむのだろう。

彼は、体長二メートルほどあった。アマゾンでは、小さい方だ。

しかし、体長は、私より長い。

そっと近づいた。

距離が三十センチほどになると、静かに、さっと身をひいた。野生動物が、これ以上近づくなと言うサインだった。

口を動かしている。大きな口だ。これだったら、小魚を群れごと食べるのがよく分かる。

待った。彼はやがて、プールの角についた。

よし。今だ。

私は突進してみた。

彼は頭を下げ、身をひねった。胸びれもあけている。尾で、力いっぱい水を蹴った。

水圧のすごいこと!


私は、水の中でキリモミ状態だ。

やったあ。これでよし。

私は満足し切っていた。ピラルクの力を、全身で浴びることが出来たのである。

「有難うございました」

私は、Wさんに深く頭を下げた。

「あと十年で、どのくらい大きくなりますかねえ。どうです、いらっしゃいませんか」

「ええ。ぜひ」

大人用のプールへ、トラクターで運ばなければならないかも知れない。

ピラルクは刺身がうまい。開いて驚いたのだが、身の感じが、川魚のものではなかった。私は、羊でもさばいている錯覚におそわれたものだ。

どんな料理にも適している。煮ても、焼いてもおいしい。ムニエルにしてもだ。

今、数が少なくなっているので、保護の手がのびることを望むや、切。

Ⅱ アマゾンへ

水中ことはじめ

私は、記録映画を作る会社で働いていたことがある。最初は学術映画を作ることに熱中した。だが、やがて、水の中の映画を作りたくなった。

私は、泳げる。まあ、潜れる。

しかし、プロとして仕事が出来るほどではなかった。今、振り返ると稚々としていて、顔から火が出るくらいの技術しか持っていなかった。

他のプロダクションは？

捜せど皆無。

水の中を映せば新しいぞ。そう思うと、矢も盾もたまらなくなり、とにかく、やろうと決意した。

水中映画を作ろう！

まず必要なのは、水中班だ。これは、陸の上でも映画が撮れる連中でなければならない。カメラマン。音声。助手。すべて映画を知っていなければならぬ。

私は、社内で募集した。

カメラマンのW。音声のK。

屈強の二人だった。潜りたい意欲はあったが、アクアラングの経験ゼロ。

なあに、大丈夫。

二人いれば、水中班のキャップはこの私がこなせばいい。

「行くぞ。訓練」

真鶴（まなづる）へ行った。旅館に泊まった。と、隣にNHKの水中班が合宿にきていて、ようやく本腰を入れて取組むみたいだった。その隣から聞こえてくるのは、ボヤキばかりだった。大体そもそも、おれたちが命をかけているのに、上の方は理解がない、と。

真鶴では、WもKも、沈着に潜り、水の中の絵を拾えるようになった。

ただし、カメラがなかった。

Kが電話をしまくり、ようやく一台、水の中へ持ちこめるブリンプを発見した。35ミリのフィルムを詰めるニュース用に使っていたアイモが入るものだった。

とにかく、やろうぜ。やれば何とかなる。

そんな船出だった。

すると、珍しいせいか、スポンサーが現れた。

こうなったら、スタートだ。黒字になるか、赤字になるか、分からない。

やってみる！

とにかく、素人同然のスタッフを連れて海へ出た。伊豆の海洋公園に行った。

益田一（はじめ）というよく喋る男がいた。

「昨日、ふと気づくと、後ろをイソマグロが通っていたよ。二十尾ぐらいの群れでね、カッコよかったなあ」

「ようし。いただこう」

「イワシの群れをつかまえる時、パチン、パチンと音がするのよ。口を閉じる時の音だよね。烈（はげ）しいものだ」

益田さんは、六本木で、バンドマスターをしていたのだが、海に魅せられて海洋公園にきたばかりだった。

私たちは協力し『日本の海洋動物』という本を共著で出版し、後に彼は東海大学の先生になった。

はるか南のシャコとマグロ

田中邦衛さんは、うーんと口をすぼめた。ドラマなどでよく見た表情だ。それから、ごくりと口に含んだものを呑みこんで、

「やあ、おいしい。それに、珍しい。やあ、やあ、おいしいものですね」

「気に入っていただけましたか。それは嬉しいですね」

私は、わがことのように嬉しくて、シャコを一尾取上げ、指で殻をむいた。

田中さんは、二尾めをつまみ上げ、

「こんな所にもいるんですね」

「そうなんですね。私も初めてです、食べるのは。そこを入った時、シャコ入荷、と書いてある紙を見ましてね、注文してみたんですが、これはアタリです。うん、うまい」

私も食べた。ポトフにすると言うのを、塩ゆでにして貰ったのが正解だった。私は、先を続けた。

「東京湾にもたくさんいるんですよ。かつて品川にあった水産試験場でカレイの発生を撮っている時、場長がゆでてくれて、なんとも言えずうまかったです」

その先を説明しようとして、私は口をつぐんだ。

いかん、食事中だ。

昔、ずっと前、東京湾には、おわい船というのがあった。船は、深い所までいわゆる〝オワイ〟を積んで行き、まき散らしながら走った。そういう時代もあったのだ。

その航路の下には、御馳走を求めるシャコが集まり、網を引けばいくらでもとれた。それを水洗いし、大きなかまでゆでた。イセエビなど足もとにも寄れないくらいの天下の美味だった。でも、おわい船は、いけない。食事中だ。

私たちは、タスマニア島のホバートにいた。田中さんは、タスマニアを舞台にした映画を撮影中であり、夕食を一緒にすることになったのだった。薬師丸ひろ子さんも、映画のメンバーであり、つい何日か前、お目にかかったばかりだった。

タスマニア島。オーストラリアの南の端に浮かぶ島だ。私は、大好きで、何度も訪れていた。私は、シャコを頬張り、

「このタスマニアは、小さくても、自然が豊か

な所で、有名なのは、タスマニア・ウルフ、タイガーと呼ぶ人もいますけどね、要するにタスマニアのオオカミ。いやね、写真で見ましたが、オオカミそっくりですよ。いたんです、有袋類のオオカミが、ここに」

「今は、どうです?」

「絶滅しました。一九三五年に、最後の一頭が撃たれ、以来、いたという報告はありません。でも、いると信じ、捜し続けている人もいますがね」

「惜しいなあ」

「そうですよ。カンガルーなどと同じ仲間のオオカミですよ。もしいたら、私なんか一緒に住みますよ。なにしろ、一九三五年。私が生まれた年にいなくなった動物ですから。何だか因縁めいたものを感じ、忘れられない動物なんですよ。ここは、とにかく豊かな島でして、マグロなども釣れます。あ、マグロ釣れたらお持ちしますよ」

私は、調子にのって約束してしまった。

横綱の大ダイ

　タスマニアは、豊かな島である。中央に大きな山があり、その周辺部は、緑の植物がおい繁っている。最初訪れた時、私は、オーストラリアの他の部分とあまりにも違っているので驚いた。自然が、やさしい感じがした。

　海の幸も、たくさんあるし、しかもおいしい。最近、観光開発されたブリスベンやケアンズなどでも、タスマニア産のアワビなどと断り書きをし、おいしさを強調している。魚も豊富であり、クロダイやタイなど美味さでは横綱クラスだ。

　横綱といえば、稀勢の里がついに横綱に昇進した。推挙の報せが届いた日、親方などがずらりと並んだ席で、右手で大ダイをつかんでいる写真が、各新聞の紙面を飾った。

「これって食べるんですか。こんなに大きいと、まずそう！」

と、行きつけの喫茶店で、ジャズシンガーのA君が、写真を指さして言った。

「とんでもない。うまいなんてものじゃないよ。普通売られてるものの、そうだね、十倍おいしいよ」

「え、本当ですか」

「本当だとも。大体だね、魚は、大きくなればなるほどおいしいんだよ。大きくなると、肉が硬くなるとか、パサついて大味になると思いがちだけど、逆だよ、逆!」

私は、タイ釣りには凝った。

勤めて四、五年経った頃、シナリオを書くことになった。シネハンと言って、シナリオの下調べをする必要があった。だから、時間が自由になり、抜出して釣りに出かけた。

大ダイなら千葉。白浜の沖で、ある日、一メートル近くの大ダイをゲットした。持帰ったのだが、冷蔵庫に入らなかった。

いくつかに切り、軽く塩をまぶしてやっと収容したのだが、翌日、悪友たちが麻雀にきた。夕ごはんのおかずは、もちろんタイだ。

友人たちは、うまい、うまいの連呼だった。とうとう、一切れも残さず平らげてしまった。

「奥さん、悪いねえ、もし残っていたら、あと一切れ、お願いできませんかねえ」

と、ねだる者が現れるしまつだった。

大ダイ!

どこにいるのだろう?

私は潜水に熱中している頃、その姿を追い求めた。東京湾から、その周辺の海底風景を記録する映画。その企画を通してからというもの、くる日もくる日も、海の中だった。しかし、いなかった。

メジナやハタはいた。マグロだって、イソマグロの群れを撮影した。

「おう。カジキがこないかなあ。あのヒレを全開して泳ぐ姿は見事だろうから」

しかし、出会えなかった。

その姿を撮影出来たのは、それから三十年ほど経ってからだった。カジキに会ったのは、ガラパゴスの海。ヒレをすべて立て、堂々と泳いでいた。

「あるものは使うんだ。きっと、横からくる波の波動なんかをキャッチしているんだ」

私は、ひとり、海の中で頷き、感動していた。

ペロリのケロリ

いつもの喫茶店。一仕事終え、濃いジャーマンローストを注文した。タバコに火をつける。

隣席には、近くのライブハウスを渡り歩いているA君がいた。目と目で、軽く挨拶をかわした。

「この前の大ダイのことですがね、魚は大きい方が味がいいと聞き、忘れられませんねえ。まるで逆、大きいのはまずいと思ってましたから」

「魚によるのかもしれないけれど、たいていの魚は、大きい方がうまいよ。ほれ、東京湾の乗合船に乗って、五目釣り、というのをやると、体長十五センチから二十センチのメゴチが入れ喰いになったりする。このコチも、巨大ゴチを釣る特別な仕立船があって、でっかいコチを釣るんだ。これが美味しくてね」

私は、大分県の日田市で少年時代を送った。川幅が広く、釣り好きの父と二人で、しばしば釣りに挑んだ。

大物が釣れるのは、雨後の濁りがまだある頃だった。

「ウグイの大きいのが釣れてね、六十センチ級なんだ。それから清流の巨ゴイ、巨ブナ。どちらも、すごみのある味だったよ。それからカサゴ!」

「あの赤い、とげのある……」

「そうだよ。冬の下田、深場の釣りに出てみたら、こぅんな大きいのがきてね」

私は両手を広げてサイズを示し、

「これが、ちょっと経験したことのない味だったよ。刺身バツグン。チリもよし」

「へーえ、食べてみたいな」

「それからさ、冬。大寒の入り。昔は、千葉の大貫(おおぬき)の沖に出るとハラブトがきた」

「ハラブトって何ですか?」

「スズキのこと。寒くなると、産卵にやってくるんだ。これは、難しい釣りだったよ」

「餌で、釣るんですか」

「そうよ。エビをつけてね。投げこむ。ぐぐっと魚信がくる。ここで合わせをくれると、ダメ。釣れないんだ。僕なんか、学校に上がる前から釣りをしているんで、ついつい、合わせをくれてしまうんだ。失敗の連続でね。口惜しくって、口惜しくて、金曜日に行き、土曜、日曜と空振り、月曜まで粘って、やっと一尾、ハラブトといえるのを釣り上げたんだよ。ハラブトという名の通り、腹に卵を抱えてて、そうだね、卵巣一本が僕の腕の太さだったよ」

「それで——美味しかったのでしょう」

「サケより大きいからね、抱えて帰ったね。女房と二人だったんだけど、片身を下ろして、刺身にしたね。これが天上天下、絶品中の絶品、うまいね、こんな刺身初めてと、二人で片身を食べちゃったよ。何人分あったかなあ、十人前分をペロリだった。翌日、腹をこわすかなと思っていたら、これがケロリ。ペロリのケロリだったよ」

大物を釣ることなら、負けられない。私は世界中をさ迷ったので、各地で珍しい経験をした。

この話を「辻留」の辻嘉一(かいち)さんにしたところ、ある夏、庭でスズキを焼いてくれた。尻ばしょりにたすきがけ。迫力満点の味だった。

タイだらけ願い続けて四十年

何としても、私はタイの群れに囲まれてみたかった。あの美しい魚。タイが自分のまわりを取り囲んでくれたら、どんな感じがするだろう。それで、何が分かるんだ、どんな意味があるのかと問われても、答えようがない。

でも、しかし。

映画の会社に入って、ディレクターとして一本立ちをし、水の中だけで魚や水の生物を表現する

映画を撮った。一年間、くる日もくる日も水に潜った。

明日こそはと思った。きっと、奇跡のような場面にぶつかるに違いない。願えば、必ず実現する！　そもそもタイは、日本の魚じゃないか。東京湾の周辺に必ずいる。いるものが出てきてくれないわけがない。

そう信じて、床にもぐりこむ。

すると、明方、群れがやってきた。

「はい。カメラ。まわして、まわして」

と、勇み立ち、目を醒ましてしまった。

潜水を本格的に始めて以来の、熱い夢だった。

それは、いつの間にか肉体化していて、私は実際にそういうタイの群れにぶつかったような気がしていた。

群れに囲まれる。それは奇跡の瞬間だ。私はこ

れまで、運もよかったのだろうが、そういう甘美な時を何度か持ってきている。

南半球に住むウーリーモンキーが、そんな動物の一つだった。

「いつかな、いつかね、ウーリーに囲まれてみたい」

そう願っていたら、コロンビアの国境、ジャングルの中で、ウーリーが一匹、私を見つけて寄ってきた。その子と遊んでいるうちに、四十匹以上のウーリーが押寄せ、私はしばらく恍惚となった。

アフリカでは、ライオンがいっぱい寄ってきた。ライオンの隙間からしかサバンナが見えないくらいだった。

中国ではパンダ。六頭のパンダがまわりに群れて、パンダだらけになった。

タイ。どこかにいるはずだ。

ニュージーランドへ行った。タイがいるのは知っていた。

近くで潜る。のんびりしていると、大きなタイが遊びにきた。

オークランドから南へ車で三時間ばかり走った。適当な浜があった。何だか、いるな、という予感めいたものを感じた。

水に入った。水はきれいだった。水深、二十メートルほどの所で、潜る。岩礁。

大きな岩場があった。そのまん中で息を整えた。

そこへ、きた！

タイ。体長、四十センチ。

目の上に青く光る輝点があった。

「まだ、まだ。もっとこい」

私は、胸の内で呟いた。

そして、待つこと三十分。タイがタイを呼んだ。

私のまわりは、タイだらけ。

ほぼ四十年、夢の中でしか存在しなかったものが、現実に目の前にあった。私はぼうっとなった。これをしも夢見心地と言うのだろうか。

タスマニアオオカミ その遠吠え

タスマニアは、オーストラリアの南の海に浮かぶ島で、自然が豊かに残っている。昔はここだけに住むアボリジンが住んでいた。彼らは、家も作らず、はじめは火のおこし方も知らなかった。火は、雷がひき起こす山火事からの貰い火だった。

海岸線を移動しながら暮らし、流木や小枝などで衝立みたいなものを作り、それが家だった。

海には、貝がたくさんいた。主に女性が貝などを採集したという。はるかな昔、アフリカを出た人類は、海岸沿いに移動し、オーストラリアにまで達したのだと言われている。その姿を彷彿とさせる原始的な生活をしていたのである。

やがてイギリス人がやってきた。私は、ホバートの古本屋で、古い記録をあさったりした。ツルガニーニという名の、タスマニアアボリジン最後の生き残りの伝記も読んだ。漁協のあゆみと称する本もあった。それによると、二十世紀のはじめ、魚族の濫獲をいましめ、貝や魚の捕獲にのりだしていた。

面白かったのは『タスマニアのアワビ漁』という本だった。六十年、七十年前には、アワビがたくさんいた。多いし、おいしいのでアワビ漁が盛んになった。

この本がすぐれているのは、著者がダイバーであり、アワビ漁師であることである。

ある日、もぐっていて、アワビをはがした。そこへ何か手のようなものが後ろからのびてきて、手をつかまえた。すぐにそれは、二本になり、三本になった。見ると、大ダコだった。

いきなり、目の前が暗くなったこともあった。あおぐと、大きなイカが襲来していた。イカは、タコのように、あしらったぐらいでは逃げてくれない。海の中で、格闘しなければならなかった。

私は、絶滅したタスマニアウルフの痕跡を求めてタスマニア島を経巡(へめぐ)った。六十歳から八十歳、そのくらいの人は、まだウルフと一緒に過ごしたことがあるはずである。

ローンセストンという島で二番目に人口が多い町に到着した。

手当たりしだい老人を見つけては質問した。

「ねえ、あなたが若かった頃、まだウルフが出

てきたでしょう」

「そうだね」

「ワン、とか、キャインとか、犬みたいになきましたか」

「いんや、聞かねえなあ」

「じゃ、遠吠えはしましたか」

「あ、したな。聞いたことあるぞ」

「オオカミのようにですか。それとも犬みたいな」

「違うな。もっとこう、平和な感じ」

「すみません。やってみて下さいよ」

「ノーだ。そんなことできるもんじゃねえ」

と、相手は照れた。

ようし、こうなったら、自分でやるしかない。

私は、ないた。まず、オオカミ。

「ウォォーンウォォーン」

老人は首を振った。このようにして、一つだけ「それだ」というお墨付きを得た。その声も、今は私と共にある。

初マグロ
美しいビンナガ

海は凪いでいた。朝もやが、大きなうねりの間にあった。左手に島が見えた。ローンセストンの河口から海に出た私たちは、東へと向かっていた。丘に登っていく車のフロントガラスだろう、きらりきらりと光っている。

「いい日だぞう。こんなことはめったにないぞう」

スミスが、パイプをくわえたまま言った。

「釣れるかな」

私は、半信半疑だった。なにしろマグロをねらっての釣行だった。どれほど海が豊かであっても、マグロはなかなかこないのじゃなかろうか。

スミスは、急に船首を沖に向けた。そしてきっぱり言った。

「おい。準備をしな。軽めの竿でいいぞ」

船はスピードをゆるめた。

私は、頭をめぐらし、スミスを見た。まぶたの上側に力を加え、一点を見詰めていた。その視線をたどった。何かが騒いでいる。海面が泡立っている。ざわめいている。千葉の漁師たちが俗に〝ナブラ〟と言うものだ。〝トリヤマ〟とも言う。イワシなどの小魚の群れが、大きな魚に追われ、表に出てくるのだ。何回も見ているのだが、タスマニアのものはちょっと違った。魚が水面から垂直に上がってくる。

鳥が少ないのも違っていた。カモメなどは目がいいし、魚の騒ぎを見逃しはしない。一羽が発見すると、独特の声で「クエーッ」となく。その声を聞くと、仲間がいっせいに集まってくるのだ。

スミスが、パイプの吸口の方で、あの泡のまん中にほうりこめと指示した。

私は、ルアーを、泡立ちの中央を目がけてほうりこんだ。

スプーンが、朝日を受けて、きらりと光った。ねらい違わず、騒ぎのどまん中へとんで行った。

すると、ガツン。

鮮烈な魚信があった。

合わせた。竿が弓なり。テグスがひゅん、ひょんとなく。

マグロかな？

そう思った。手応えは充分。魚はハリを喰い、ぐいぐい引いている。しかし、私で耐えられる重

さである。

魚が引く。耐える。

リールから糸が出ていった。

引いた。ゆるめた。巻いた。

何回か、魚とやりとりをした。

そして、手元へ引寄せた。

「やったな」

と、スミスが大きな網を持ってきて、魚をすくい上げてくれた。

「うーん、そうか」

と、私はちょっぴり失望していた。

魚は、美しい。言うまでもないが、綺麗な目をしている。胸びれが長かった。武士が刀をさしているみたいだった。

ビンナガと呼ばれる種類だ。ビンチョウともいうが、身が白っぽくて、缶詰用にまわされる魚である。ビンナガかあ、あと一尾でいいなと私はルアーを投げた。

チリの海底

初めてのマグロ。背の青い色。そして腹部の白の見事さと言ったらなかった。神々しいばかりだった。感動で胸が一杯になった。

スミスが大声でどなった。

「ほれ！　何をしてるんだ。次だ、次だ‼」

朝凪ぎが終わるのかも知れない。強めの風が海を圧しつけるようにして、ひゅうと吹いてきた。

私はルアーを投げた。

着水した瞬間さえ分からなかった。ルアーは飛んでいき、そのままの勢いで水の中へ引張りこまれていた。

さあ、きたぞ。

私は竿を立てた。充分な手応え。

リールを巻いた。急に、魚が横っ走りし始めた。足を踏んばり、少しだけ泳がせた。

スミスが網を持って駆けつけてくれる。

「やったな。珍しいんだよ、こんな日は」

「有難う。いい日にめぐり会えて嬉しいよ。この調子なら、百、いけそうだね」

「はっはっは。体の方がもたないよ」

「あのなあ、ビンナガはもういいよ。もう充分」

「釣れるだけ釣れよ。もし、お前が魚を要らないのだったら、おれが貰う」

「もっと大きいのを釣りたいんだよ」

私は両手を広げて見せた。

「えほ。ほんほほん」

と、スミスはタバコのみ特有のせきをし、

「くるかどうか分からないぞ。それじゃ、もっと強い竿を用意しな」

そう言って、運転席の方へ戻っていった。

マグロが大きいのは知っていた。昔、神保町の角にある本屋に映写室があり、記録映画の秀作を見せてくれた。その中に、すごい作品があった。チリの漁船の大マグロ釣りの映画だった。

釣り糸の途中に、登山のカラビナみたいなものがつけてある。そして、大ものが食うと他の船員が駈けつけ、そのカラビナに自分の糸を装着した。三人がかり、四人がかりで、大ものマグロを釣りあげるのだった。

後に、チリの海岸地帯を歩いた。この話を漁師にすると、

「そんなこともあったっけかなあ。今はないよ。そんなこと、する者がいなくなった。若もの不足でよ、コレアーノ（韓国人）ならいるけれど、あいつら、食うものにうるさくってよ。あのベルメーリョ（赤）、サッカー選手のユニホームみたいに赤い飯じゃないと、あいつら食べねえからな」

適当な所で、裸になり、沖へと泳いでみた。海底には、びっしりムール貝が附着していた。もぐって両手で底をつかむ。そのまま持上げると、スタッフ四人の夕ご飯に出来る量のムールがとれた。

大もの。大きな魚。

アラスカの西海岸。コディアクという島がある。ここには、コディアクベアと呼ばれる世界最大のヒグマがいる。このヒグマを見たくて、ある夏、私は行ってみた。

有名な釣りは、オヒョウだった。

オヒョウ。これも、とてつもなく大きくなる。かつては、北海道でも釣れたものだ。

船を引張る巨大サケ

釣りは、船から釣るのと、陸から釣るのとでは、味がまったく違う。陸からだと、自分の体の重さが大地の上にあり、踏ん張りも利く。ところが、船からだと、大ものがかかると船を引張っていく。

　私が本格的に釣りを始めたのは、小学校の一年生の時である。当時、北満州の開拓団にいた。学校の帰り道、道が左にゆるくカーブし、小川に土橋がかかっていた。橋の根もとに柳の木があり、私はその柳の下でしばしばナマズを釣った。

　何尾釣って帰っても、お袋は喜んではくれなかった。

「またナマズね。ナマズは手がかかるだけで味が悪かろうが」

　母は、看護婦と助産婦の免状を持ち、若い頃から勉強に明け暮れていたので、料理に気を配っている閑はなかった。今だったらと思う。三枚におろし、骨の部分を煮つめてタレをこしらえ、ナマズの蒲焼を作ったら、両親は喜んでくれただろう。

　内地に引揚げ、それから五十年後に行ってみた。私の中では、満州、釣りと結びついていたので、釣竿を持っていった。

　学校は消えていた。レンガ造りだったので、崩壊し、山となっていた。川はあった。橋もある。

そして柳も。

私は柳にもたれ釣糸をたらした。そして、ふと気づいた。あれから五十年。柳が同じ大きさであるはずがない。調べると、切株があった。そして、その横から一本、新しい木が生えていたのである。

「そうか、そうか……」

と、私は切株と新しい柳を撫でた。命あるものは、こんな伝承の仕方をするんだと、胸がじいんとしびれた。

開拓地といえば、開拓する際には、自然も豊かで、思いがけない奇談が残っている。

アラスカの西海岸、世界一の大きなヒグマがいるコディアク島で、開拓時代のエピソードを集めた本を手に入れた。その中にあった奇談。

漁師が小船で釣りに出た。

きた。かかった。確かに魚だ。

ところが、上げられない。ずるずると船は引張られる。

「オヒョウのやろうだ」

漁師は直感し、力に任せて引張ろうとしたがビクともしなかった。

水と食糧を持っていたのが幸いした。彼は三日三晩、オヒョウとの力比べをしたという。

魚が、船を引くのか。

私はこの疑問にぶつかった。

サケに惚れ、サケの全種類を釣りたいと願っていた頃のことだ。サケの中で、最も大きいのは、キングサーモンだ。日本では、マスノスケと呼ばれているが、大きくなると、四十キロをこえる。

アラスカに釣りに行った。

船をやとい、川に出た。

と、ぐぐーんときた。竿を立てる。ありったけの力で、サケと引張りあいをした。

すると、なんと、船が動き始めるではないか。

私は、魚の強さに驚嘆した。一尾だけで力を使い果たす釣りだった。

オヒョウ
北のオバケ魚

アラスカの西。コディアク島の北に、くっつくようにして浮かぶ島があった。アフォグナクという名の島だが、私が訪れる何年か前までは無人島だった。が、そこにハリウッドから男がやってきて住み始めた。そして、島の木を切り、ログキャビンを建て、民宿を営むようになった。奥さんが美人で、ミスカナダだった人物である。男の名はロイ。俳優を目指していたのだが、ある日、エキストラばかりの生活に飽き、無人島の生活に憧れ、アフォグナクを見つけたのである。

家は、二つあった。メインの大きなものとその横に立つ小ぶりのもの。どれも、自分独りで建てたものだという。

子供が二人いた。どちらも女の子で、上の方が小学校の六年生ぐらい。下が三年生ぐらいだった。

無人島だから、学校はなく、通信教育を受けているとのことだった。

私の場合は、娘の方から一年間休むと切出した。どちらでもよかった。学校へ行くというなら、毎日、対岸の学校まで送り迎えをするつもりだった。

アラスカ州の場合は、この点しっかりしていて、両親が原野にいる時には、届けさえ出せば、立派な通信教育が受けられるという。

ロイとは、すぐ仲よくなれた。私は昔、フィルムに関係し、シナリオも書くし、当時はテレビに関係していた。キャリアの一部がだぶっていた。

ロイが訊いた。

「ムツさーん。ムツさんは釣り、好きか」

私は、好きだよと即答した。

「ここは、いいハリバット（オヒョウ）の漁場でもあるんだ。今から行くけど、ムツさん、くるかい」

「おう、それはいい。行くとも。ぜひとも。こちらからお願いしたいぐらいだよ」

私たちは、ロイの小舟に乗った。

ロイは、腰に拳銃をさした。

ロッジから二百メートルばかり沖に出る。舟をとめ、魚の切身をハリにつけ、しかけを下ろした。

すぐにアタリがあった。

見事なソイだった。カサゴの仲間である。


「やあ、ソイだよ。この魚は、おれのいる北海道で釣れるんだ。高いんだよ。おれ、大好きだ」

「ははは。おれたちが食べるんじゃないよ。ハリバットに食べさせるんだ」

ロイは、ロープを取出した。ロープには、ハリがいくつもついている。まるでハエナワだった。

ソイの背に、大きなハリをつけた。

週刊誌大のソイ。三十分ほどで、五尾上がっていた。

待った。北海道ではエトピリカと呼ばれている鳥が、目の前に着水し、のんびり泳いでいた。

「さあ、よし！　さあ、さあ、さあ」

ロイが腰の形を決めた。ロープを引いた。

「さあ、お前、ムツーさん、持て」

ロープを渡してくれたが、寄るわけがなかった。まるで、地球がハリがかりしたみたい。

一時間。やっと魚が見えてくると、ロイはピストルで魚の頭を射った。

じゃあな、ようし、次はマグロだ、とスミスが肩に手を置いた。大きな手だ。荒っぽい作業をこなし、小船で、いくたの危難をくぐり抜けてきたのだろう、手には傷跡がいくつもあって白いもようとなっていた。

魚は、へさきの先で、まだ泡立っていた。

——もったいないな。と、私は少し後悔した。

スプーンで釣れる

子供の頃から釣りをしてきたので、私には漁師のようなところがある。魚がハリをくわえてくれる。釣れる。それは、平凡な日常の出来事ではなく、魚にとっては命がかかっているわけだから、奇妙な縁のようなものを感じざるを得ない。

姿はたくさん見えているのに、最高の餌を投げても、一尾も釣れないことがある。そのくせ、何も期待せず糸をたれた浅瀬で、大きなニジマスが次から次へとかかったりする。だからテレビのロケに釣りの予定が組みこまれると、ちょっと緊張する。うまくいくだろうかと心配になるわけだ。

テレビの番組で、いくつか実現しなかったことがある。その一つが、水の中から釣りを見るというものだった。ネタを小出しにし、皆の前で喋ってみた。だけど、誰一人として喰いついてくるものはいなかった。ネタをいくつも並べ、ね、やろうよ、やりましょう、と熱弁をふるうべきだったのかなと、引退した今になって後悔している。

私は、懸命に勤めた。これでも立派な社員だったと思う。

その会社を突然やめた。さて、どうするか。

私は行きつけの釣具屋へ行き、東京湾で五目釣り（魚種を選ばない釣り）をする際に使う竹竿を買った。糸巻きを新しく取付け、水の中で使いやすいように短くした。

その竿を持って八丈小島へ出かけた。この技術が完成すれば、テレビに売りこめるかも知れないと思ったからだ。

本当に面白かった。岩のかげにアカハタがいる。その前に糸をたらす。アカハタがすうっと寄ってくる。でも、食べようとしなかった。反転し、岩の上へと逃げる。

どうしてなんだ、と工夫をする。

この企画にまず跳びついたのが、モノドン君だった。氏は、私が水中班を学研映画でつくった折、途中から加わった男である。

菅能琇一（かんのしゅういち）といい、毎日新聞社出版局から後に『モノドンのちょっと底まで』というしゃれた題名の本を出した。

彼も会社をやめ、もぐる仕事などをしていた。誘うと、やりましょう、手伝いますよとノッてきた。以後、企画は、ポシャン。お互いに忙しくて、会う閑がない内に、かすんでしまった。

スプーンは金属だ。色をつけてはあるが、ペラペラである。それに何故、魚がとびつくのか。

その起源については、末広恭雄（やすお）教授の『魚類学』に記されている。ある婦人が、カナダの湖畔でキャンプをしていた。スプーンを洗おうとして取落した。それを魚がくわえたのが始まりだという。ともかく、魚釣りには、大きななぞがある。

にぎやかな海底

その年、モノドン（菅能琇一）君と私は、くる日もくる日も水にもぐっていた。夢のような生活だった。タイムカードも退社時間もなかった。好きなことをしておれる、ただそのことに感激し、夏も冬も消えとんでいた。夕食の後、魚が気になってきて、さあ、あとひともぐりするかとボンベを背負った。

そのモノドン君が、実にうまい表現をしたのを今もってはっきり記憶している。

「海の底には、にぎやかな場所がありますね。魚たちがお祭りをしているみたいな」

海中には、砂漠もあれば、岩だらけの所もある。かと思えば、コスタ（海岸）リカ（豊富）みたいな所もある。余談になるが、その昔、コロンブスの船が中米の海岸に着いた。そこの豊かさに目を見張り、この海岸、リカだと言い、それがそのまま国名になっている。

海流の関係だろうか。それもある。だけど、もっと複雑な要素がからみ合っているに違いない。

それで思い出すのが八丈島の海底だ。会社をやめたら時間が出来た。いくばくかの退職金も得た。その金を握って、八丈島にもぐりに行った。漁師を口説いて船を出してもらい、八丈小島の横にある根にもぐった。潮の流れがきつく、岩につかまっていても体が横にもっていかれそうになった。

いきなり、すごい場所だった。

クチジロイシダイが五尾、六尾と群れて近づいてきた。岩棚の間には、イセエビが並んでいた。私のこぶしより大きな目をしたカンパチが、ぬうっと現れた。

私は驚嘆し、写真家の益田一さんに電話をした。

「すごいですよ。八丈にはイシダイがいないと言われていますけど、いますよ。まるで、海の中で、魚が祭りをしているみたいです」

益田さんは、すぐ来てくれて、写真は雑誌に発表された。そこが、つまり、にぎやかな場所だ。

モルジブもそうだった。約四十年前、苦労してチケットを取り、たどりついて驚いた。海の中が天国だった。ロッジから五十メートルほど泳いで水中に入ると、岩のくぼみに、一メートル以上もあろうかというギンガメアジが横になっていた。


私はすぐ水中写真家の舘石昭さんに電話をした。

「荒らされていない、すてきな所です。いらっしゃいませんか」

舘石さんは、すぐとんできた。

日本では、モルジブそのものがあまり知られてはいなかったが、翌年、舘石さんはツアーを組んで行くようになった。

モルジブでもまた、にぎやかな海底がたくさんあった。

何度か訪れた。たしか三度目だったと思う。ハーバートというドイツ人と知り合った。彼は、バンドス島で、ダイビングショップを経営していた。

「ハタよ、お前、おれの助手をしてくれるか」

「いいよ。OKだ」

「明日、スウェーデンからテレビのチームがくるんだが、もぐる方に助手が必要でね」

撮影は、サメだった。サメと付合った初めての経験になった。

ドラード
金色の夢

川には、ところどころに段差があった。その高さはせいぜい二メートルぐらいだったが、水音はジャングルの静けさにこだまし、水しぶきも上がっていた。カンポグランデでやとったアマゾンのガイドは、小さな滝を見る度に、カショヘイラだよと言った。

私は、小さな滝の横に陣取り、眺めるのが好きだった。ピラプタンガという名のウグイに似た魚、パクーと呼ばれる平たい魚、などなどが、一尾、また一尾と、滝をさかのぼった。その筋肉の見事な躍動ぶりは、つい時間を忘れ見惚れてしまった。

そこへ、人がどっとやってきた。カメラがあるところから察すると、同業者らしかった。彼らは、淵に網を投げた。小さな魚がたくさんとれた。

一人が、マイクを持ってやってきた。

「ちょっといいですか。グローボのニュースですけど、話をうかがわせて貰いたいです」

「いいよ。ちょっと待って」

と、私は当方のディレクターに目配せをして、よその番組に出る許可を貰い、

「日本からきました。自然の素晴らしさを伝える番組で、私の名は、ハタと言います」

「このピラセマ、日本にありますか」

「ピラセマというのは、魚が上流へとのぼる現象ですね。もちろん、日本にもあります。日本で大きな川、利根川では、魚が、水が黒く見えるほど群れてのぼります。産卵のためですけど、そう、産卵といえば、アラスカのサケ。これはすごいですよ。プリメイラ（第一波）、セグンダ（二波）と押寄せます。ベニザケだったら、川が赤く染まるほどです。カショヘイラには、それぞれヒグマがいて、のぼってくるサケをとらえます」

「アマゾンはどうですか」

「噂以上ですね。これから雨が降ると、ジャングルが水びたしになるのでしょう。あ、投網をしてますね」

「あれですか。イバマ（自然保護団体）の人たちですよ。どんな魚種がいるのか、カウントしているのです」

「あ、あれは！」


私は、声を大きくし、立上がった。ドラードだ。

「初めて見ました。あれがドラード」

名の通り、金色。

近寄ってみた。日本のコイに似ていた。

開高健さんが、南米の紀行『オーパ！』で紹介してから、日本で有名になった魚である。

そうか。ピラセマで、やはりのぼってくるのか。

そうだよな。餌になる小魚がのぼるんだものね。

そうか。のぼってきて、オスとメスが出会い、卵を産むのか。

私はさわってみた。歯がしっかりしていた。背ビレがかっこよかった。うーん、これか。

釣ってみたかった。でも、それ以上に、このドラードを、水の中で抱いてみたかった。

そんなことが可能だろうか。

いや、不可能じゃない！

では、どうすればいいのか、私は金色のボディーをひとなでした。

川面にきらめく黄金の影

一局碁を打ち終え、一礼し、右手を盤にすべらすようにして石を崩した。指の腹で押えるようにし、白石を手元に引寄せる。見事な石だった。

私はため息混じりに言った。

「素晴らしい石ですねえ。厚さといい中身の詰まり具合といい、すごいの一言。こういう石で打てるなんて、碁を覚えていてよかったと思います」

パラグアイの首都、アスンシオンにいた。地元の有力者Tさんの応接間である。

満州時代、父の病院で看護婦をしていたヤエコさんが、今はパラグアイに移住していた。行くからね、と電話をしていたのだが、そうか、ムツゴロウがくるのかと、話が広まり、Tさんに夕食を招待されたのである。

碁と麻雀が好きだということは、知れわたっており、いろいろお招きにあずかった。

「どうです、麻雀」

と誘われたが、生返事して観戦するにとどめた。

と、釣りの話になった。

「この前、パラナでドラードが釣れてね」

「え、ドラードが！」

私はとびついた。あの金色の魚。開高さんが釣った魚。

「行きませんか。明日」

「ぜひ、ぜひ、お願いします」

願ってもないことであった。パラグアイでドラードを釣るなんて、思ってもみないことだった。

翌日、早朝、迎えの車にのった。

「パラナのドラード、大きいですか」

「ま、これくらいよな」

案内してくれるヤマさんが、両手を無雑作に広げた。一メートル強。サケぐらいの大きさだ。

パラナ川についた。ヤマさんが知っている小船に乗りこんだ。

川は広かった。茫洋として、どこで釣ればいいか見当がつかなかった。

川面をすかして見る。水は茶色だが、逆光の中、黒ずんで見える。

右手にせせらぎ。正面に小さなうず。

左手は、なめらかだ。

私は水脈をつかんだ。

一投め。

巻いた。ぐん、ぐぐっときた。鮮烈な魚信だった。竿を立てた。引きに耐える。

ドラードだったら、エラ洗いをするはずだ。ジャンプし、エラふたを開き、体との間にラインをはさんで、ぶち切るのである。

よし、こい。くるなら、こい。

私はリールのハンドルに手をかけ、どんな変化にも対応出来るよう身構えた。

魚は、もぐった。深く、深く。

「ようし暴れろ。ニジマスの大物に似た走り方だな」

私は、釣り糸のテンションを保った。

かくして、一号を釣り上げた。アラスカで釣ったベニザケほどの大きさだった。

川底で、どんな風に泳いでいるのか。

私は第一号をなでながら、いつの日にか、川の中で見たいと願っていた。

全天全周、まっかっか

「夕焼けを撮ろうかね」

と、カメラマンのAさんが、誰ともなしに声をかけた。そのひと言で、私は出かける準備をし、助手のホベルトは、機材の用意をした。ディレクターのGはすでに外にいて、にこにこ笑っている。

どこも、かしこも焼けていた。西の空が赤くなるのは普通だが、西から頭をめぐらせ、東の空を見ても、地平線にたなびく雲が真紅に染まっていた。見上げると、天頂だって赤だ。つまり、広い広い湿原が、赤の饗宴に包まれていた。

私はブラジルのパンタナール湿原にいた。何度も訪れた場所だったが、この時はAさんの紹介で、その最も奥の牧場にいた。

目的はドラード。あの金色の魚だった。どこかで何とかしてドラードを見たかったのである。

淡水魚の撮影は難しい。その主たる原因は、水が濁っているからである。

魚たちは、水が澄んでいると、近くまで人を接近させてくれる。モノドン君が言う「にぎやかな底」が現れることもある。ただしよほど条件に恵まれないと、そういう画は撮れない。

私は十年間ばかり、水中写真コンテストの審査員をつとめた。全国から写真が送られてくるのだが、すべてが海の中だった。

　ミノカサゴなどが大スターだった。あのヒレをすべて広げ、海の断崖の近くでふわりと浮いている。写真としては素晴らしい。しかし、毎回ミノカサゴではちょっと困る。私は、毎年、ぼやいた。

「今年も、淡水はゼロですね。日本は川の国で、川はたくさんあるんですがねえ」

　その思いは、ドラードにもつながっていた。どんな所にいるのか。川の底なのか。中層なのか。表面で口をぱくぱくさせているのか。

　釣りは、もういい。水の中で、ドラードの住み具合を調べたかった。あまりに私がドラードと言うものだから、急きょ組んでくれたスタッフだった。Aさんはフリーのカメラマンで、水の中も得意だということだった。圧倒的な夕焼けを撮った。

　私は、提案した。

「今晩、晩ご飯、パラグアイへ行かない？」

「いいね。パラグアイ料理」


　Aさんが賛成してくれた。

　パルミット（ヤシの芽）のおいしいものがあるはずだ。肉は、アサード（焼肉）。

　味はさほど変わらないが、国境を越えてウルグアイやアルゼンチンへ食事に行くというのが、私には面白かった。ペルーへも行った。スロベニアのロケでは、夕食だけをとりにイタリアのトリエステへ出かけた。

　Aさんは、さすがだった。少しでも望みがあれば、水にもぐった。ピラニアだらけの水たまりでも平気だった。

「どうですか？」

「しっぽだけ。ほんのちょっと」

「見えないですねえ」

「こんなはずじゃないんですが。どこかにある、どこかでパキーンとした画が撮れる」

　Aさんは、目を吊りあげ、明日はここらをさがそうと地図を指で示した。

淡水をもぐる

カメラのAさんは、しつこかった。目を皿にして川を見る。少しでも望みがあれば、ドボーン。無限のスタミナを持つタフガイだった。川は、大湿原の中を、うねり、曲がり、流れ下っている。水は、大陸特有の茶色だ。この一帯をどう探しても、パキーンと澄んでいる所はないと思えた。しかるに、あきらめなかった。

どんどん奥へと入っていった。広い川があった。

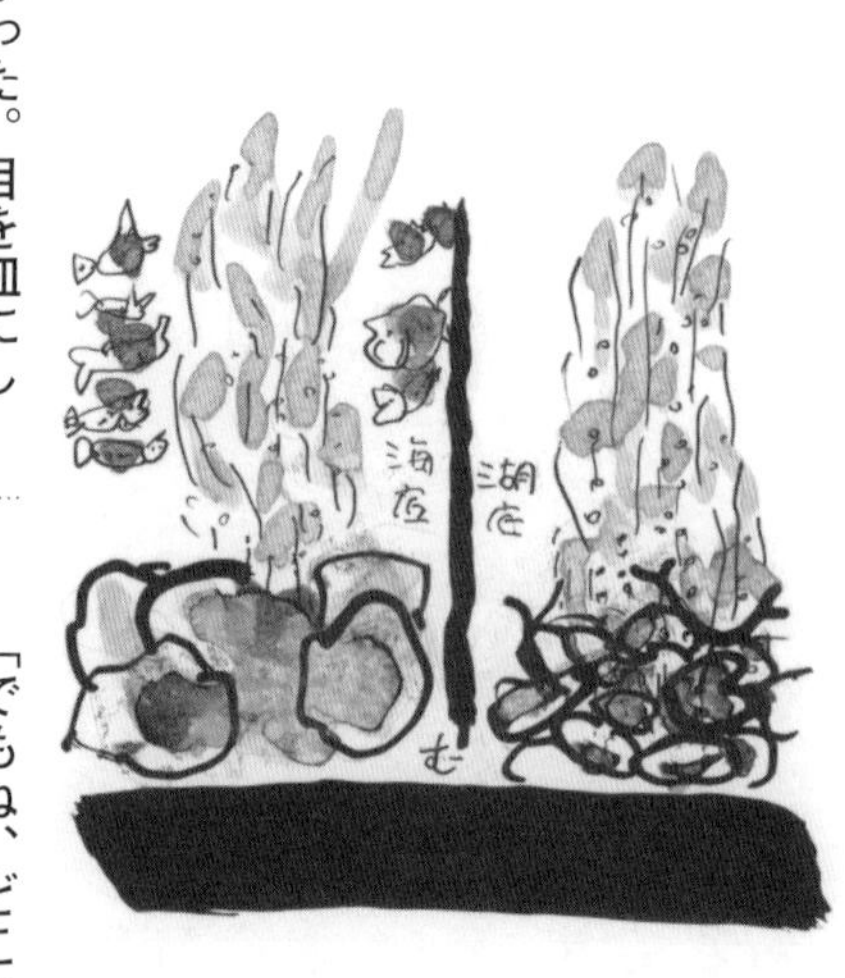

水は茶色。それでも彼は、中に入り、もぐった。

「そろそろあきらめましょう」と、私は浮上してきたAさんに言った。

「うーん、ダメだ。ピラニアのしっぽだけ。ちらっと見えて、すぐ消えた」

「ここじゃ無理です。思い切って場所を変えないと」

「でもね、どこかに、こう、わき水があってもいいんだがね」

淡水ならば、私には経験があった。およそ四十五年前、昔の学研映画の仲間、秋山智弘さんが突然訪ねてきた。

「阿寒（あかん）に博物館を作ることになってね。そこで、阿寒湖の中を紹介する水中映像が欲しくって、君、一つ、もぐってくれないか」

昔の仲間に「ノー」は言えない。私は出かけた。もぐってみた。透明度はよくなかった。しかし、マリモぐらいは見えた。大きいもの、小さいものが、ぎっしり並んでいた。

「これなら、何とか画になる」

マリモの上を何度も泳ぎ、たっぷりカメラに納めた。

けれども、魚がいなかった。いや、いないはずがなかった。遠くに、それらしい影はちらつくのだが、映像にして、くっきり映写出来る距離ではなかった。

——そうだ！　湖底温泉‼

阿寒である。温泉は、たくさんあるはずだ。温泉は、地下水。澄んだ水が立ち昇っているに違いない。その何年か前、私は沖縄で海底温泉を見つけていた。海底から熱い湯が吹出していたが、そこには魚がたくさんいた。

温泉。地下からの真水。だったら、透明度もいいはずだ。そう思って探した。いくつか発見した。枯れ葉が折りしいていて、葉と葉の間から、泡が立ち昇っていた。でも、魚はいなかった。

——そうだよなあ。魚が高温に集まるのは、冬だよなあ。

私は、裏の川でもぐり、上流から下流へと地形を調べたことを思い出した。

途中、水が湧出している所があった。そこには、ヤマメが群れていた。冬、川底は零度近くになる。だが、地下水から湧出す水は、七度か八度、つまりあったかいのである。

さて、困った。どうするか。

透明な水。山の水。

——そうか。流れこみだ。

私は、山から流れこんでいる小川をさがし、それが湖に流れこむ場所を探した。

正解。ピンポーン！　ワカサギの大群がいた。ニジマスの姿が、くっきり撮れた。

パンタネイロ
飛行場の競馬

水から顔を出す度に、Aさんは右手を上げて横に振った。ダメ、見えないのサインだった。その執念深さには舌を巻くばかりであり、彼は、木の葉から落ちる水滴にさえ、出来ることならもぐりたいという風情だった。

池。湖。水たまり。

どこかに、パキーンと魚が見える場所があると、彼は信じていた。私は久し振りに映像を追いかけ

る人間のしつこさに接し、驚くと同時に、見習う所もあるなぁと反省していた。

彼は、身長一メートル八十。日本人としては大柄なほうだ。話し好きで、水からあがると喋りっ放しだった。

食事の際、次から次へとワイ談を大声で喋った。あっけらかんとして、カラリと乾いてはいたが、自分の体験にもとづいていたのでちょっと困った。

「部屋に入るともう大変よ。早速つながって、つながったままあれこれこなすのよ。歯を磨いたり、顔を洗ったり」

スタッフの中には女性がいた。

数日後、私は彼に小声で言った。

「あの話、ぼくたちだけなら構わないけど、女

性がいる時は、やめてくんない。ここに、カウボーイがいるでしょ、彼らは好きでいろんな話をするけれども、女性がチラとでも姿を見せたら、ピタリ。彼らには、女性の前ではワイ談をしないという不文律があるみたいだよ」

カウボーイ。牛を追って暮らす人々だ。ここパンタナールでは特別にパンタネイロと呼ぶ。馬を水の中に入れ、自在に乗りこなす人たちのことだ。

一週間で、Aさんだけ帰国した。

私には見るものすべてが面白かった。日暮れになると、カエルの目の前に紙を丸めたものを吊るして動かす。カエルが何千何万と水から上がってくる。

カエルがとびつく。じゃあと、紙くずの大きさを変える。こぶし大にすると、カエルはすくんだ。捕食行動と逃避反応。これは標的の大きさに関係があるとデータをとり始めた。

翌日、木の下でパンタネイロが円座を組んでいた。そこへ行って話しこんだ。

カップにマテ茶をいれ、そこに水を注ぎ、金属のストローを突っこみ、かきまわしながらまわし飲みをする。これは、テレレというパラグアイの風習だ。

一人が訊いた。

「お前さん、馬はどうだい」

「好きだよ。おれ、カントリーレースのジョッキーでもあるよ。おれ、二百頭、馬を持ってるよ。好きだよ、レース」

「やろうか、なあ」

「ようし、いいよ」

彼らのレースは分かっていた。急造の飛行場。離着陸するため、二本の道がある。それを利用し、マッチレースを行うのである。

「行くぞ！」

「ようし、それよ」

馬は走った。よし、いいぞ。その調子。

私はガウチョ、カウボーイにはじめて完勝した。

大蛇がいるぞぉ

パンタナールのカウボーイ、パンタネイロと競馬をしたことが、すぐ牧場主の耳に入り、私は大目玉を喰らった。

「とんでもない男だな、奴は。アブナイことをする要注意人物だ。ド素人のくせに、パンタネイロと競馬をするなんて」

牧場主は、宿舎を新しく造り、商売を始めたばかりだった。怪我人や病人を絶対に出してはならんと言った。

「もし怪我でもされてみろ、カンポ・グランデから飛行機を呼ばねばならないし、たーいへんだぁ」

叱る牧場主に私は反論した。

「ド素人とは何ですか。馬は好きで、毎年、カントリーレースに出てますよ。聞きましたか。私は、勝ったのですよ」

「たまにね、ひょっこりね。勝負事はそういうもんだよ。でも、彼らが馬をあやつる技術はすさまじいよ。ま、お前さんの何百倍かすぐれているのは確かだよ」

私は、その馬術の達人たちと木の下にいた。テレレのまわし飲みだ。

「この近辺にスクリジューいるかな」

スクリジューというのは、現地の呼び名であり、大蛇、アナコンダのことだ。

　南米本願寺の住職、広瀬一洋さんが書いた「グワラニー語」の本によると、スーは噛む、クリはすばやいを意味するそうだ。野生のものは、それは速かった。初めてパンタナールへきた折、一メートルほどのアナコンダを見つけ、とびこんでつかまえようとしたが、とんでもなかった。速くて、ウロコ一枚手に出来なかった。

「テン（いる）、テン（いる）」

　一人が、こともなげに答えた。

「イベルダージ（本当かい）」

　私は身を乗り出した。

「今朝もよ、おれは見たさ。あっこのよ、ほれ、牛を運ぶ時の本道、あそこからちょっと曲がった水の中によ、こーんなぶってえのがいたさ」

「そこ、近いの？」

「んだなあ、おめえの足なら歩いて半時間もかからねえだろう」


「水って、水たまり？」

「Ｓｉ（そうだよ）。深さは、それほどでもないよ。馬で入って、あぶみが濡れないぐらいだもんな」

「え、それはいい」

　私は立ち上がった。手を腰に当てて、このくらいか訊いた。

「Ｓｉ。下もあまりぬからねえよ。馬の脚がすっと抜けるもんな。あそこには、いる。間違いねえ」

「今から行っても？」

「Ｓｉ。Ｓｉ。Ｓｉ。いるともよ。行って、見れるかどうか知らないけどよ。ほれ、スクリジューがもぐっていれば、駄目だべさ」

「ようし。行こう」

「行こうってお前、水の中さ入るんじゃ、あるめえな。あれは水の中のバケモノだぞ。陸にいる時とまったく違う。魚より速く泳いでバクッだぞお」

　アナコンダとあれば、どうしても見ておきたかった。危険人物のお出ましである。

メガラヤの婦人

　湿原のカウボーイ、デュアルテが、音をたててテレレを飲んだ。水がなくなると、ズズズ、ガーガーと変な音がする。彼は飲み終えると、ヤカンから水を加え、私にまわした。

「グラシャス（有難う）」

と、礼を言い、思いっきり水を吸いこんだ。マテ茶のかおりが、鼻に抜けた。テレレを次の男へと渡し、デュアルテと向き合った。

「どうだい。今日あたり」

「ん、だな。本当に行くのか」

目が笑っていた。茶色の瞳。それが細い、金色で縁どられている。

「行こうよ。これから」

「ようし、そうするか」

「グラシャス」

私は、ポケットから、煙草の箱を取出して渡した。彼らは、一本ずつ抜取って火をつけた。最後の一人が、私を見る。私は掌（てのひら）を上にして、どうぞ、どうぞと振った。彼は三本抜き、二本を左右の耳の上にさしこみ、一本を口にくわえた。

　私は、おかしくなった。メガラヤの婦人を思い出したからである。インドとパキスタンの国境に広がる台地、メガラヤ。その奥地で私は婦人たちに囲まれた。身ぶり手ぶりで歓談した後、煙草の箱を取出し、渡した。すると婦人は、数本取り、耳の穴に押しこんだ。われわれの社会では、ピアスをつけるため、耳たぶに小さな穴を開ける。だが、メガラヤでは、その穴が大きくなり、顎のあたりまで耳たぶがたれていたのだ。私は慌てて、カバンを開け、新しい煙草の箱を取出して渡したものだ。

インドの社会では、女性は普通、煙草を吸わない。私は、煙草好きの友人と彼の家に立寄ったことがある。お茶を飲み、煙草の時間になった。彼にすすめた。

「ノー!」

彼は、厳粛な顔つきになった。

祖父がいたのである。はは あ、家長の前では吸わないのかと、その時分かった。

メガラヤは、インドの北のはしにある。どうして?と思った。どうして婦人が煙草を吸うのかと。

これは、女系家族という制度が、いまだに残っているせいだった。女性が、家長の役をつとめるのである。男は、結婚して相手の家に入る。だけど、常時いるわけにはいかない。もとの家の貴重な労働力であるからだ。

「お母さん、今夜、行っていいですか」

と、許可をとって、嫁の家へと行くいわば通い婚だという。

デュアルテたちは馬に乗った。

「バーモス(行こうぜ)ラー(あそこへ)」

と、先に立った。

道は細かった。馬や牛によって踏みかためられている、要するにけもの道だ。

ススキが大きかった。背の高さは五メートル以上だろう。青空に背を伸ばし、でも先端には生意気にも、日本のススキそっくりの穂があり、風に吹かれて、おいで、おいでをしていた。そこをモルフォ蝶がとび、青い閃光となった。

大蛇の池で

馬が進んでいく。その歩調が少し乱れた。草むらがゆれ、そのゆれが斜め前方へ伝わっていった。

デュアルテが、振向いて言った。

「カルピンチョだ！　子供を連れてるぞ」

馬上からだと、動物の姿がよく見える。カルピンチョ、つまりカピバラの家族がいるらしい。

池に着いた。デュアルテは、

「シュガーモス（着いたよ）」

と言い、鋭い目付で池を見渡した。そして私を見て、

「カベッサ（頭）は、出てないみたいだぞ。朝のうちはよ、こう水から出て」

と、右の腕を立て、手首を前方に折り曲げ、

「辺りを見回しているんだがね。そのうち、出てくるだろう。しかし、安心だな。ジャカレー（ワニ）がいないからな。おい、ジャカレーとスクリジュー（アナコンダ）、どっちが強いんだ」

「アナコンダだろうね。ワニを飲みこんでいる絵葉書を見たことがあるよ」

「じゃ、じゃ、待つか。くれぐれも気をつけてな。無茶するなよ」

デュアルテは、馬を林の方へ向けた。木に馬をつないで、私たちがどうするのか、見張るつもり

らしかった。

　池というか、よどみというか。それは卵形で、長径が四十メートルほどあった。水がたまる道理で、岸が、まるで人がこしらえた堤防みたいに、水面より二メートルほど高くなっていた。

　私は、その自然が作った堤のまん中に坐り、辺りを見回した。東の方に林があった。しかし、木という木が、水の中で生えるツタ植物ですっぽり覆われていた。雨季には水没してしまうのだろう。

　木が水草で覆われ、お化けー、と子供の頃、毛布をかぶってふざけたことを思い出した。

　岸にワニはいなかった。ワニが常住していれば、岸と水を往復した跡があるはずである。

　さあ、カベッサを出せ。私は、青空にいのった。頭を出してくれれば、そうっと近づいて、つかまえてやろう。デュアルテたちは、少し後退し、さてどうなるかと、のんびり見守っていた。

　私は、彼らに近づいた。そして、ポケットに入れている煙草の箱を取出した。

「オブリガード（有難う）」

「デ、ナーダ（どういたしまして）」

ついでに、ライターを渡した。

大蛇は、水にもぐっているのか。

　彼らは生きものである。肺で呼吸している。爬虫類が、どんなにしぶとい酸欠に耐えるシステムを持っているとしても、一時間はもぐっておれないはずだ。絶対に新鮮な空気を吸いに出てくる。目を皿にした。息をつめる。右から左。左から右へ。水面をただただ見つめた。

　出てこないぞ！

　何ということだ。こんなチャンスが、おれの人生で、二度とあるはずがない。

　私はズボンをぬいだ。

　――さあ、こい。

　奴が、かかってくれれば、そこをガッとつかまえてやろう。

大蛇にジャンプ

足から水に入った。水は、大気よりちょっと温度が低いぐらいで、水に入ったという抵抗感はなかった。底にはへどろが積もっていて、ぬるっとする感触はあった。が、へどろの層は深くはなかった。せいぜい、五センチぐらいだろう。

見下ろしても、底の泥にもぐる自分の足は見えなかった。水は澄んでいる。雨後のささ濁りではなかった。

カエルも小魚もいなかった。表面に浮かんで幾何学模様を描く、水生昆虫の姿もなかった。ナンベイレンカクという小さな鳥が、せわしなくはばたき、池の東の端に着水した。

大蛇のカベッサ（頭）が現れるのを、一時間ほど待ったのだ。煙草を吸った。一本、十五分。三本で四十五分。水に変化はなかった。ときどき、そよ風が水面を撫で、しわが出来た。

私は、はだかである。

水が深くなった。パンツが濡れた。股間の中央、タマタマに水がふれる。そこは敏感に温度の差を感知し、冷んやりとした感触が伝わってきた。

いつの間にか、私は池のまん中に立っていた。水深は、タマタマよりちょっと上、腰のあたりと言えばいいだろうか。

デュアルテなどカウボーイたちは、水辺よりずっと後ろに下がっていた。

私は笑った。彼らは、私が、つかまえた蛇を岸へほうり投げるとでも思ったのだろう。

左へ。右へ。そろり、そろり。

一歩毎に、へどろが舞い上がった。

何にも見えない。でも、相手には分かっているだろう。そうだな、ワニ。ワニが四、五十匹いる川のふくらみの中央に、じっと立っていたことを思い出した。あれは、ぶきみだった。いつ、パクリとやられるか分からないからだった。ワニの場合、水面に目だけ出して泳いでくる。そして、三メートルほど先でふと見えなくなる。こちらへ近づいているのは確かだが、もぐったワニ、今どうしているのかと叫びたくなったものだ。

大蛇よ。どこだ。私は動いた。前へ後ろへ。

そして！　ついに！


右足が長いものを踏んでいた。

私のふくらはぎほどある太さだろう。いたぞ。いるぞ。確かに、これは蛇だ。

ぬるっとはしていなかった。ざらざら、いや、さらっとした感じ。

「あ、あ、あ……」

私は声を出した。そのさらりとした丸いものが、向こうへと動いている。

「いた！　いたぞ‼」

大声でカウボーイたちに知らせた。

いるのは間違いない。いれば、よし。待っていれば、空気が欲しくなるはずだ。カベッサ。頭が出たらとびついてやれ。

私は、水の中央。さあ、こい。でんでん虫め。ヤリ出せ、目玉出せ。頭出せ。

と、細いものが出現した。大蛇の尾に違いなかった。よし、今やらねば、チャンスを逃がす。私はとびつき、両の手にしっかりと持った。

大蛇が絞めたよ

しぶきが顔にかかった。私は、口をへの字に結んで、大蛇の尻尾をつかんでいる。

予想に反し、それはさらりとした感触だった。大蛇だ。憧れのアナコンダ。金輪際、離すものかと私は力を入れていた。

だが、それは重くはなかった。引き戻す力は入っていなかった。

デュアルテが駈けてきた。

「つかまえたな、お前」

「ペゲイ（つかんだよ）。ペゲイ」

私は声を大きくして、

「しかし頭じゃないよ。カベッサではなく、ロボ（尾）だよ」

そう言って、蛇には尾がないと気づいた。長くて、そうだ、「パルチ（部分）デバイショ（後方の）」

「気をつけな。頭の部分が反転してくるぞ」

そう言って、デュアルテは仲間の方へと駈け戻った。

私は蛇を肩にかけた。一歩、二歩、岸の方へと歩いた。軽かった。何の抵抗もしないのである。

する、する、するっ！

そういう感じだった。岸へ上がった。草原をめざして小走りに駈ける。

振り返った。長いものがくっついている。確かにアナコンダ。

――と、まわりの木で、パパガユと呼ばれるインコの仲間が、いっせいに騒ぎ始めた。

グワッ。ガ、ガ、ガ。グワア。

目がいい鳥たちは、アナコンダを発見したのである。天敵かな?と考える。水浴びをする時など、パクリとやられるのだろうか。

アナコンダは、四メートル近かった。

尾から手を離した。彼は、長く伸びたままピクリともしなかった。

あきらめがいいのか。自分より強い動物がやってきたら、無抵抗をきめこむのか。

私は胴体を持った。

首にかける。ずしりと重かった。前方に、二歩ばかりたたらを踏んだ。

果(はた)して巻くものだろうか。巻くとしたら、どのくらい力が強いのか。

首に巻いた。長年の疑問であった。絞め殺せるのか。さあ、絞めろ。

すると蛇は、何に力を得たのか、少しずつ絞め始めた。

――なんだい。どうしたい。そんなものか。何を遠慮しているのだと私は思った。

すると、いきなり力が加わった。

ボキッ。ボキ。ボキ。

私の首から音がした。

やばいぞ、これは。

すると、絞め上げが本格化した。ギュッではなかった。静かに、静かに。ほんの一ミリずつという感じで、首が絞まっていく。

――そうか。ウロコ一枚ずつ、それでゆっくりなのか。

私は完全に呼吸出来なくなった。人を巻き殺し、ワニを殺すのを、それで信じた。

どうしてもだディエゴ

口惜しかった。涙が出るほどに。

結局、水中の映像は一カットも撮れていなかった。ディレクターは、一るの望みをつないで、水の中を撮れるカメラマンのAを用意してくれていたが、バットは空を切るばかり。

さすがにパンタナールであり、お土産はゼロではなかった。アナコンダやカウボーイなど、放映出来るネタはたくさんあった。

しかし、口惜しい。

どこかにあるはずだ。水の王国が。

私は、空港で、スタッフを見送った。口惜しさがつのり、帰る気がしなかったのである。

明らかにルール違反だった。帰った次の日ぐらいから、スケジュールが入っているだろう。それをスッポカスのか。

いや、と私は秘書の顔を思い出した。年末が迫っている。年末ぐらいほっとさせようと、彼女は空白をこしらえてくれているに違いなかった。

だったら、おれは自由だ。

私はホテルへ戻り、かねてから気のおけない大学生、ディエゴに電話した。

「仕事、うまくいかなかったんだ」

「それは珍しい。どうして、また」

「水が濁っていてね。クリアリティーがないんだよ」

「だって、ブラジルの川なんて、みーんな茶色だよ」

「でもさ、トランスパレンシィがいい川が、絶対にあると思うよ。そう信じてるよ。信じていれば、きっとある」

「待ってよ。二日間だけ。おれ、友だちに訊いてみる」

「無理すんなよ。でも、あれば行ってみたい。きみ、一緒に行こうよ。これは仕事の一部だからね、アルバイト料を払うよ」

「いいから。ハタの手伝いをして金は受取れない」

「ま、おれに任せろ」

その次の日遅く、ディエゴがホテルへやってきた。

「ハタ。あったよ。川岸から魚が透けて見えるのだそうだ。ぼくの友人に、探検部の子がいてね、教えてくれたんだ」

「へえ、やはり、カンポ・グランデから?」

「そうなんだけど、今は年末だろう、丁度都合が悪いよ。便がないんだ」

「ほほう。ないか。ないならば、あらしてみせよう、ホトトギス」

「何だい、それは」

「まあ、待ってくれ」

私は翌日、カンポ・グランデまで飛んでいた。われながら気狂い沙汰だとは思うけれども、どうしても見たかった。

いろいろあった。

場所は、ボニートという所の近くらしかった。いい名前だ。ボニート。美しい、という意味である。

ディエゴに連絡。翌朝の早い便で駈けつけるそうだった。

パライソ・デ・アグア
水の天国

ディエゴが、大湿原の入口にあるカンポ・グランデにやってきた。

「よく来てくれた。両親には、よくわけを話し、出てくるOKを貰ってくれたね」

と、私は握手の手を伸ばした。

「Si（イエス）。いい機会じゃないかと、二人とも喜んでました」

「ようし。明日の朝、九時出発だ」

年の瀬がせまってきていた。新しい場所へのフライトが、大晦日にならなかっただけでもめっけものだった。私は、いろんな人を口説き、持主がフランス旅行に行ったので今年は閑だというプライベート飛行機をやっと借り得たのである。
九時。パイロットは、すべての用意をすませ、待っていてくれた。
定時に出発した。
窓の外は、すぐに緑一色になった。五十年ほど前、私が買った写真集『緑の魔境』という本の通りだった。あれは林か、これは森だろうなと、目をこらした。とにかく、元気のいい緑の連続だった。その緑の隙間を縫うようにして川が走っていた。上から見ると、川も湖も、青く綺麗だった。

そのどれもが、茶色に濁った水だとは、とても思えなかった。

湖水に、白い鳥が浮かんでいた。彼らが、いっせいに飛び立ち、斜め前方へとはばたいていった。われわれのエンジン音に気づいたのだろう。

二時間あまりで、機は高度を下げ、緑の中へとすべりこんだ。

降りた正面に牧さくがあった。さくぞいに歩いていると、背の高い男が手を振った。

「オーラ、ハタか」

「ハタだよ」

「よく来たなあ」

新しく出来たホテルからの迎えだった。

車は、すぐさまボニートという小さな町に出た。道一本、その両側にこびりつくようにして商店が並んでいた。私は、運転手に訊いた。

「ここの川、水が澄んでいるのかい?」

「Si。Si」


「水がクラーロ(澄んで)いるんだね」

「行ってみようか、今から」

「よし、そうしよう」

私たちは、ホテルに寄らぬまま、小さな町を抜けた。南へ走り、それから東へ。

「ここだよ」

案内人が車を停めた。私は、とび降りた。

川があった。細い流入口があり、ふくらんだ所に、木造のベランダ状のものがつくられていた。観光客らしい家族が、水に入り、遊んでいた。

私は水辺に駈けた。

水。透明だ。お。魚が見える。うろこまで数えられるほど。

「パライソ(天国)・デ・アグア」

私は叫んでいた。

すると、案内してくれた男が、なあんだ、知ってるのか、ここは昔からそう呼ばれているんだと笑った。

奇跡の川で

水は完璧だった。ぴぃんと澄み渡り、一点の濁りもなかった。そして、その中を、魚たちが群れ泳いでいた。長いもぐりの生活で、一、二を争う水の綺麗さだった。

もぐりを習得したのは、少年時代だった。ついこの前、水害で有名になった大分県の日田市で私は育った。日田は、盆地で、水郷日田と呼ばれるように、川と水に恵まれている。

子供の頃は浅い川にもぐり、石の隙間にかくれている魚を素手でつかんだ。これを巣屋(すや)さぐりといった。少し大きくなると、清流にもぐり、アユをとった。

また、父のお伴でよく釣りに行った。医者である父の唯一の趣味が川釣りだった。兄弟は三人いたのだが、同行者は常に私である。

「おい、行くぞ」

そう父が言い、いろんな場所に行ったものだ。その際、大物などがかかり、釣糸を川底の木の枝などに巻きつけ、魚が糸の先にいるのは分かるのだが、どうやってもあがってこないことがあった。するとと父は、

「おい、行ってくれるか」

と、子供のような目をした。私は裸になり、す

ぐさま飛びこんだ。糸をたぐって川底までもぐり、魚を収容するのである。

大学に入ってからは、三浦半島の先端にある油壺（あぶらつぼ）の臨海実験所で腕を磨いた。同級生五人、和船をこいで海に出る。誰かが、箱メガネで海底をのぞいていて、変わった動物がいると、あれを採りたいと言う。すると、結局は、この私がもぐり、それをつかまえてくることになった。

映画時代には、会社の中で大ボラを吹き、

「水の中の映画を作ろう」

と主張し、水中班のキャップになった。

一年中、水の中で暮らした。この生活で、もぐりがうまくなった。子供の頃からの長い下地があったので、腕はどんどん伸びた。ボンベをつけない素もぐりで、深さ三十メートルぐらいはすっともぐれるようになった。もぐりでは、プロの域に達していたと思う。

だから、ロケに出て、水辺に立つと、

「ちょっとね、ちょっと失礼」

と言って、ズボンを脱いでしまうのだ。

ボニートには、ボンベを持参していなかった。ただし、これから観光客を呼びこもうと息ごみ、水中メガネや足ひれを貸してくれる店がオープンしていた。

私は、ディエゴの分も借り、水辺の草の葉を千切ってもみ、それでガラスを拭くと、息でくもらずに済むという潜水の初歩技術を教えた。

パライソ・デ・アグア（水の天国）。

そこから、上流へまず行こうと彼を誘った。その清流がどういう風に流れこんでいるのかを、まず確かめたかったのだ。

上流へも下流へも、川の両側に道はついていなかった。誰かが通れば、道らしいものになるのだが、釣人も通らないらしい。私たちは足ひれを抱え、川の中を行ったり、岸へ上がったりして、上流へ上流へと向かった。

ヒルとパンダ

川沿いのやぶをこいで、上流へと向かった。草や木の葉の類いが、やわらかくて、肌にやさしかった。

アフリカとは、まったく違っていた。アフリカでやぶこぎをする際には、注意深く草をわけねばならない。葉や枝にとげが並んでいて、うっかりさわろうものなら、火がついた線香を押し当てられる感じがするものだ。しかし、この大湿原の野草は、私の牧草ばたけを歩く感触だった。

ここで一つ書きとめておかねばならないことがある。若い研究者などが山に野にわけ入って、虫やヒルにたかられ、苦労しているからだ。アメリカなどでは、強力なスプレー剤を手渡される。私は、動物に会いに行くので、虫よけなどを使わないと断ると、それじゃ案内出来ない、すぐここから帰ってくれと言い渡される。
四川の山奥へ、野生のパンダを見に行った時、前の日、ロケハンと称して、山の入口だけを登り、調べてみた。すると、竹が多いのに、ダニは少なかった。
だが、私が見るところ、ここらにいそうだなと思った場所を掘ってみて驚いた。落葉の裏側に、ヤマビルがたくさんついていたからである。

「これはいかん」

と、私は山を下り、麓(ふもと)に開いている〝よろず屋〟にとびこみ、パンティストッキングを購入した。これがいいのである。翌日、山をうろついたが、一尾も肌に食いこんでいなかった。

君たち、どうしているんだいと、中国の案内人に訊いた。すると、なあにあんなもの、と指でつまんで引き千切る仕草をしてみせ、ズボンをめくってくれた。そこには、隙間がないほど、ヒルの食い痕があった。

中国の奥。深い山の中。

谷を渡った。尾根を越える。

「休もうかね」

と、案内人が腰を下ろした。

私は斜めに進んでみた。パンダの生息地には、私の個人的天敵、ウルシがないのがめっけものだった。


と、私は凍りついた。

低い声。かすれた笛の音。

後ろを振り返った。誰も気づいていないようだった。

強いてたとえるならヤギ。ヤギがうずくまっている時、上を向いて出す声に似ていた。

私は、体をゆすった。

バサ。バサ、バサ。斜め上方で木の葉がゆれた。

「やった。パンダだ」

私は、目をこらした。

野生のパンダが、徐々に姿を現しつつあった。

オスだ。木の下に下りた。顔がくっきり見えた。

距離、二十メートル。

いかん。これ以上、近づけない！

私は立上がった。知らぬふりをする。必要以上に近づかないというのは、案内人との約束だった。

胸が痛かった。あいつ、仲よくしようと言っているのに。

こぼれ落ちるイチジクの実

音が完全に消えていた。おしゃべりなオウムの類いがいるはずだが、昼寝でもしているのか、こそとも音をたてなかった。

奇跡の川は、行きどまりになっていた。温泉旅館の大広間ほどあろうか、大きな淵になっていて、水面に映った太陽がゆれていた。

水辺に、大きな木。

私は、ディエゴに言った。

「フィゲイラ（イチジクの木）だね。ほら、実が落ちている」

「あ、魚が」

「あれれ、パクついてるな。そうか、彼らは草食だったのか」

イチジクの木から、小指の先ほどの大きさの実が水面に落ちる。と、すかさず、魚が浮上して食べてしまった。

私は、笑った。

「ははは。フィーゴ（イチジク）好きの魚か。おい、知ってるだろう。サンパウロに、フィゲイラというレストランがあるのを」

「セントロにある店でしょう。イチジクの木を丸ごと一本囲ったやつ」

「君、知ってるかい、いや知らないだろうな。スペインリーグのレアル・マドリードに、フィーゴという名選手がいたんだ。ラウールという男とフォワードを組んでね、あの頃は、おれ、レアルの大ファンだったんだ」

「えーと、ラウールもフィーゴも、別のチームへ移籍しましたよ」

「あーあ、フィーゴの左足。ようし、もぐってみるか」

私は、ズボンを脱いだ。

ディエゴという名前は、マラドーナからきたのだろうか、とふと思った。両親がサッカーファンで、ディエゴ・マラドーナからいただいたのかも知れない。

水中めがねをかけた。

顔を水につける。

おおと、思わず声を出した。

魚が整列をしていた。ピラプタンガと呼ばれる魚だ。日本の川で言えば、ウグイに近い種類かも知れない。

〝澄んだ水。魚が驚かない〟

海での法則がそのまま生きていた。

魚。魚。魚。

ピラプタンガが、重なり合うようにして泳いでいた。平和そのものといった風情。

や、や、や。

群れが崩れた。きっと陸では、風が吹いたに違いなかった。

イチジクの実は、五センチと沈みはしなかった。落ちた瞬間、魚にパクリと食べられてしまうのだ。

私は浮上し、ディエゴに言った。

「すごいものだねえ。ここでは、魚は一種類しかいないね。この原種のフィーゴは、ナイル川の近辺にもあってね、古代エジプトでは、この実を集めてカモに食べさせ、フォワグラを作ったというよ」

淵は、まさに原始境だった。

原始の温泉からの釣り

静けさに酔っていた。奇跡の川のどん詰まり、大きな淵のほとりに、私は座っていた。ときどき突風がやってくる。イチジクの大木から、熟れた実が水面に落ちる。魚が浮上して食べる。風。木の葉のゆれ。草のざわめき。しかしそれらは、この静けさを妨げるものではなかった。深く大きな静寂の飾りである。たおやかな美女の胸で、かすかな音をたてる銀のくさりみたいに。

息を深く吸った。一度に吐出してため息にしたいけれど、何故かはばかられた。唇を曲げ、口のかどから細く呼気を前に出す。

時間がどんどん流れる。風。イチジクの実がぱらぱら落ちてくる。どの回も同じではなかった。三度に一度ぐらい、落ちた実の一つが勢いよくぴょんと真横に跳ぶことがあった。ぴょん、ぴょん、ぴょん。跳んだって食べられてしまうことには変わりはないのだが、必死で逃げているようで健気だった。

イチジクの実が、水面を跳ぶのは、昆虫がその中に卵を産みつけ、それが孵化し、幼虫になっているに違いなかった。

ふと気づくと、二時間ほど経っていた。だけど気にならなかった。日が暮れるまでこうして座って見ていたかった。

別世界。観光客のざわめきも、ここまでは達してこない。原始の世界。人の世の汚れがまったく存在せず、眼前の水はしんしんと澄んでいる。

これに似た経験をしたことがあった。所はアラスカだ。あのアラスカ最長のアイデタロードという犬のレースに、二度優勝したスーザン・ブッチャーを訪ねた時のことだ。

スーザンは、パートナーの弁護士と二人だけで、アラスカの奥地の奥に住んでいた。

なにしろ変わった女性だった。

「よくいらしたわね。ウェルカムよ」

と言ってはくれたものの、途中、対向車がまったくこない道を、三時間ほど走り、そこからまた北東へ、車で一時間走った所に犬と住んでいた。

その彼女が言った。

「ねえ、温泉に入ってかない？」

「温泉！　へーえ、温泉があるのですか」


「ここから車で一時間くらい走った所にね。日本人、温泉、好きでしょう」

「大好きです」

という次第で、また奥地へとわけ入ったのである。

温泉は、川岸から自噴していた。それを石を並べて川の中に導いて、人が入れるくらいの温度にしていた。

弁護士が言った。

「ここから先は、金掘りも入っていないよ。まったく人跡未踏の地だ。おれたちはここの冬が好きだな。二人で湯に浸ってオーロラを見るのさ」

私は、ズボンを脱いだ。温泉にとびこんだ。目の前は川である。つい、竿を取出した。振ってみると、すぐに鋭い魚信。急流にすむ背びれが大きなグレイリングという魚だった。

温泉に入っての釣り。まったく異次元の世界だった。

大ナマズと遭遇

夜、ホテルの部屋は完ぺきだった。広いし、ベッドには新しい寝具が皺一つなく、大きな枕が、四つずつ置かれていた。

ディエゴと男二人だ。高級なスイートルームを別々に注文すると、フロントの係はけげんそうに首を傾げた。どうして一つではいけないのか、エキストラベッドを運びこむと、五人は泊まれるのにと不思議そうだった。

これは、私の旅の重要な条件の一つだった。もし可能であれば、夜は完全に一人になりたかったのだ。不可能だったら、どんな所でもいい。実際、インドでは、豚小屋の上に部屋があり、床には太い竹が敷きつめられていた。その上に寝袋を敷いて眠ったものだ。

長年の夢が叶ったのである。

私は、夢見心地であった。ベッドに入って目を閉じる。すると、あの水の中。魚がいて、きれいな水を透けてくる光が、微妙な濃淡を作っている。

四時に起床した。散歩をする。マンゴウのはたけがあった。コラソン（心臓）・デ・バカ（牛）、という名の、北の大きな種類だった。

マンゴウは、夜の内、過熟したものが下に落ちる。日が昇ると、すぐにハチがやってきて、中に卵を産みつける。私は、ハチより早く起きだし、落ちたマンゴウを拾った。

「おいしい。なんておいしいんだ」

と、ディエゴがよろこんだ。本来は、ハチの産卵場所になるものを横取りしてきたのである。ディエゴは、明日はぼくも拾いに行きますと目を輝かせた。

朝食後、例の観光客のたまりへ行った。

皆、喜々として楽しんでいた。

水に入る。今ではもう見慣れたピラプタンガの群れ。淵は、向こう岸へ行くほど浅くなっていて、大型のピラニアが泳いでいた。

ようし、次。私はディエゴに目配せをし、下流へと下り始めた。

二百メートルほど下ると、すでに観光客はいなかった。人っ子一人もいない静寂。

流れが急になった。そこで歩く。

やがて、淵に出た。


片方が崖になっていた。流れは、崖にぶつかり、右へと流れ下っている。

水に顔をつけた。ピラプタンガが大きな群れを作っている。

でも、正面が暗かった。

崖は、土で出来ていて、下の方に大きなえぐれがあった。水面で息を深く吸いこみ、もぐってみた。天井に手を当て、ぐいと体を入れる。

と、中に大きな魚がいた。体にたてのもようがあった。大ナマズの一種だった。

私は、横に並んだ。

と、ナマズの表情が一変した。ヒゲをゆらゆらさせてもの憂そうにしていたナマズが、きっと表情をひきしめ、ツツーと前に出た。

――おい。待て。どこへ逃げる。

と、私は胸の内で叫び、ナマズの後を追いかけた。でも、彼の方が数倍速くて、私の息が切れる前に、視界からいなくなった。

怪魚じゃないよ仲間だよ

河底はへどろが塗りつけられたみたいになっていた。仕上げ用の鏝(こて)で、丹念に塗られた感じだった。

私は、用心深く岸へと戻った。

ディエゴが顔を二つに割る感じで、大きく笑って迎えてくれた。彼も、水中眼鏡とシュノーケルを借りていた。しかし、彼は川の端っこにいて、顔を水につけ、私の行動を見張る役目を果たしていた。

私は、大きく息を吐いて言った。

「ふうっ。いたよ。大ものが」

「ピライーバですね。腹の方が白かったもの。四メートルぐらいにはなるそうです」

「ああ。口の幅が、おれの顔より広かったね。あれなら、パクリとやったら、おれの頭ぐらいひと呑みだな」

「いろんな冒険ものがありますが、人の赤ん坊を呑みこんだ怪魚として紹介されています」

「それだ」

私は笑い、タバコに火をつけた。

「日本でも怪魚として扱われているよ。ピライーバは、夜行性でね、夜、七時頃から十時ぐらいまでが食べ物をあさる時間だね。昼間も、釣れはするけれど、ピラニアに餌をとられるから、プロは夜釣りでねらうよ。君に話したっけ、二十年ほど前、サンパウロでガソリンスタンドを経営するアバロンという男、これが面白い男でね、英語を話すのよ。彼が釣り好きでね、ここより北、マット・グロッソに行くけど、一緒にこないかと誘ってくれた。釣りにはもってこいの場所、インディオの保護地なんだ。話はつけてあるから、行こうぜと、こうだよ」

同行したのだが、大がかりだったのには驚いた。ゴムボートなどを積んだ小型トラックに、釣った魚を保存する冷凍車まで持っていったのだ。

「おれ、その時、いい機会だと思い、大ナマズの夜釣りをやったのさ。彼らはだね、ちょうどあのあたり、かけ上がりと言った方がいいかね、深い川が急に浅くなる所、あの斜面に現われたね。大ものがとれたよ」

「アバロンという人、今、どうしてます？」

「行方不明。湿原の中にロッジを建て、越してしまったという噂だけどね。まったく分からんのだよ、これが。ブラジルは広いなあ、つくづくそう思うよ」

「魚、持ち帰って、食べるのですか」

「いや、うん、食べもするだろうが、レストランなどにおろすと言っていたなあ」

「大ナマズ。口の方から近づいていましたね。気をつけて下さい。第一、怖くないのですか」

「ぜーんぜん。まったく怖くないね。もっと大きな魚、モチノウオ科の魚、オーストラリアのグレート・バリア・リーフで会った奴などは、おれの肩幅ほどあったよ、口の広さが。それが、おれの手をパクリさ。手袋をとられただけだったがね、並んで泳いだよ。なあに、彼らは怪魚ではなく、地球の動物仲間なんだよ。クジラ、サメ。みんな、そうだったなあ」

私は、けむりを吐き出した。

ついに、ドラードを！

川は表情を変えながら、ゆっくり流れ下っている。

幅が急に狭くなり、長い直線になっている場所があった。

私は、シュノーケルをくわえ、顔を水につけ、流れに身を任せた。岸近くの底からは、水草が背をのばしている。その茎が、藍色にふちどられていた。水中で広げた若葉に、気泡がくっつき、七

色に輝いていた。

急流にいるものより体長が短いピラプタンガが、メダカの行列のようなたてに長い列を作って泳いでいた。

平たい魚がいた。パクウだ。

私は、両手を広げ、足を底に着けた。水面を見渡す。しかし、果実は落ちていなかった。パクウが食べるものは、そうはたくさん落ちてこないのだろう。植物食の魚だ。

私はディエゴに言った。

「見たかい。パクウがいるよね、ここには」

「見ました。水の中では大きいですね」

「ははは。日本語には、パク、という表現があってね、パンをパクッと食べるなんて言うんだが、パクウは、流れてきた木の実をパクリと食べるんだ」

「歯が鋭いので、魚をつかまえるのだと思ってましたが、へえ、木の実ですか」

「日本語とブラジル語、似てるものがあるよ。じゃあ、がそうだね。ブラジルでは、já、バーモス（行こうか）などと言うじゃんよ、日本語でも、じゃあ、泳ぐかなどと言うよ。それから、ね。これも同じ感じだ。ここでは、não éがねだよな。英語のisn't it。じゃあ、もう少し下ってみるか、ね」

私は、力を抜いて表面に浮かんだ。

直線が尽きた。川幅が急に広くなり、底に胸がつきそうになる。

川幅が狭くなった。流れの速さが急になり、体が前にほうり投げられる。

私は体勢をたて直し、周囲に目を配る。

川が狭くなった場所のこちら側は、川底がえぐれたみたいに深くなっていた。

そして、いた！

ドラードが。

ピラプタンガが、すだれみたいに見える群れを作っていた。そのこちら側に！

探し求めていたドラードが、ぬうっと出現したのだった。

体長、一メートルはあろうか。

黒く小さな目。目は、ひときわ濃い金色でふち取られていた。二つの目が、同時に見えた。目と目の距離が短く、それは陸上の動物と同じで、目の力を頼りにして餌をねらうせいだろう。

背びれは小さめで、後ろ寄りについている。尾びれだって小さくて、ほんのり朱色に染まっていた。

金色だ。よく見ると、体に何本かたての筋が見えた。金色の色素胞に、メラニンが混ざっているらしい。

ドラードは、じろりと私を見た。そして、ゆっくり向きを変え、下流へと泳ぎ去った。

ドラードが胸に抱かれ

いた。いたぞ。

一尾いれば、必ず二尾めがいる。三尾、四尾……。いる、絶対に！

私は無口になった。体が勝手に動き、淵から淵へと経巡った。確信の通り、いた、確かに。向こうから私の目の前に、ぼうっと浮かんでくることもあった。色の度合いは、個体によって違った。宝石店のショウウインドウに飾られる彫像のように、金ピカのものもいた。よくぞ、ドラードと名づけたものだ。

背びれを損傷している魚は一尾もいなかった。ただし、尾びれは、一尾ずつかなり傷ついていた。どうやら、ナワバリを作っていて、そのナワバリ争いは熾烈(しれつ)をきわめるようだ。相手を追っていき、尾びれにパクリと嚙みつくのだ。

私は、ここだと胸をおどらせた。大きな木が、真横に倒れ、淵に橋をかけた感じになっていた。倒木の真下は、木が倒れているので水流が変わったか、深くなっている。
そこでも、ドラードを一尾見つけた。
でも、待ってろ。いつか、帰ってこいよ。ここは、お前の住み家だよ。
私は、倒木の枝にへばりついた。足首を枝の根元にからめた。

自分を、木の一部にした。

手を動かさない。指一本だって動かすものか。

さあ、倒木になれ。化石になれ。

顔は水面。シュノーケルとは、げに偉大なものである。ボンベを使った潜水と違い、泡一つ作らないで済む。

さあ、こい。お前も生きものだったら、必ず戻ってくるはずだ。

おい。ドラードよ。

かくて、一時間がたちまち過ぎた。

ピラプタンガが、幅の広い群れを作って泳いでいる。

尾に斑点があるタンバキー。おや、ここにはトクナレもいる。

ゆっくり頭を動かす。岸の近くには、尾の部分が赤いピラニアがいた。

二時間。


私は微動だにしなかった。待つ時は、待つ。待たねばならない。

そして！

ついに彼がやってきた。真下の深みから、胸びれを開き気味にして、ぬうっと浮かび上がってきた。

――こい。きてくれ。

私は石になっていた。しかし、胸の内には火のようなかたまりがあった。

次の一瞬。彼が浮かんだ。私の胸の前で、ぴたりと停まった。

――やあ。やあ。やあ。

私は、静かに涙を流した。

夢の時間が終わると、ディエゴが近づいてきた。

「おめでとう、ハタ。ぼく、ハタのこと、少し分かった気がしたよ」

「そうか。うん」

それ以上、何も言えなかった。

月と星の下で

夜。正面に三日月が笑っていた。ボニートの長さ百メートル余りのメインストリート、その端っこに開店したばかりのレストラン。ディエゴと私は、外にセットされたテーブルに座っていた。

　初めてだからと断って、ディエゴはジャカレ（ワニ）を注文した。私は、タンバクーのアサード（塩焼き）とピンタード（大ナマズ）のニンニクソースだ。私にしては多いが、運ばれてくればディエゴが片づけてくれるだろうと思ってのことだった。都会育ちの彼に、なるべくいろんな物を食べさせたかった。

　メインストリートは、このレストランで切れ、テーブルが置かれている庭は、崖の上にちょこんと広がっている感じだった。眼下には、ところどころにある民家の明かりが見えた。生暖かい風が、下から吹上げてくる。

　私はしぼり出すように言った。

「今日は、よかったなあ」

　感動があまりにも大きかったので、無口になっていたのである。

「ドラードね。僕の所から見ていても素晴しかったよ」

「うん。あるんだね、こんなことが」

「二人で……いや、人と魚が一対一で浮かんで、動かないんだもの」

「どのくらいだったの。一時間、二時間」

「じっとしてるんだものね。僕、ハタが木になっちゃったんじゃないかと思ったよ」

「ディエゴね、おれは、こんな時間をいく晩過ごしてきたことか。話したっけ、コロンビアのウーリーモンキー」

「いいえ、まだです」

「国境のタバチンガまで飛んだのさ。それから小舟に乗ってアマゾン上流へと逆のぼる。川は狭くなってるけどね。途中、舟を着けられる平らな場所があってね、下りてみた。正面にジャングル。すると、そこに一ぴきだけ、ウーリーモンキーがいてね、おれ、どきんとしてしまったよ。一生の内、一回でいいから会いたいと思っていた動物だよ。おれ、息をつめ、相手がまばたきをする、こちらも、する。口を左右に引っ張るように開ける。マネじゃないのだけど、マネかなあ、同じ動作になっちまうよね。と、相手は、するりと寄ってきた。おれも両手を広げ、相手を迎え入れる。一瞬、誰かに飼われていたサルかなあと疑った。おい、どうしたい、と語りかける。相手はしっかりしがみつく。後でね、同行していた清水カメラマンにきつく叱られたよ。突然、仲よくなるんだもの、こちらはカメラの準備もしていなくて、撮れなかったんだ。困る、困るよ、こんなことはねと」

「野生のサルだったのですか」

「だと思うよ。抱き合って三十分ぐらい遊んだかなあ。と、ジャングルで木々の梢（こずえ）がざわざわと動いて、群れが下りてきたんだ。おれって、ウーリーモンキーに囲まれていたよ。これもしあわせ。こんなことって、一生のうち、あるかどうか分からない」

　その群れには、子供のウーリーまでいた。

人生とは？

眼下の闇が、いよいよ黒さを増してきた。ところどころにある明りが、独立し、空中に漂い遊んでいるみたいだった。

ディエゴと二人、町外れのレストランに座っていた。

生ハムをパパイヤと食べた。ハムの味は、武骨で荒っぽかったが、都会で食べるものより、味の奥に芯を感じた。道を往く車のライトだろう、小さな灯（ともしび）が、左右へゆれながら動いている。

――なんだか、おれの人生に似ているな。

と、私は、柄にもなく、しんみりしていた。自分の人生は、暗闇を手さぐりで歩くようなものだった。暗い深い、闇。

ワニが運ばれてきた。尾のつけ根をぶつ切りにしてあった。

「どうだい？」

私はディエゴに訊いた。

「悪くないです。思ってたより、ずっとやわらかい。筋が、さくさくしている」

「おれはね、新しいものに挑戦する時は、ほとんど自分で料理するよ。解剖が好きだからだろうね。クジラなんか、面白かったな」

「そして、生で食べるのでしょう？」

「よく分かるね。正解」

ワニの刺身は、おいしかった。薄く切ったものにレモンをきかせ、オリーブ油で食べたっけ。腹の部分は、クジラの尾の身に匹敵した。クセがなく、しかし野性味があった。

「よかったなあ、今日は。水の中で、おれ、しあわせだったよ」

「本当に！」

ディエゴは目を丸くし、

「しあわせ。あの時間、しあわせ」

彼は、口の中で、何度もしあわせと言い、その言葉を噛み砕く感じだった。

「ディエゴよ、君は退屈だったのじゃないかな。ごめんな、退屈させて」

「いいえ。とんでもない。最初は、そうでしたよ。どうして、こんなことに熱中しているのだろうと不思議でした。ぼくは片方の端にいて、まわりにはピラニアだらけだし」


「ははは。ピラニアと仲よくなっちゃったんだな。おうい、ピラちゃん。とね」

「ぼく、ブラジル人ですが、今度の旅で、ピラニアをまったく逆の方向から見直しました。今まで、知りもしないで、アブナーイ、どう猛な魚だと考えていたのです。スズメやハトと同じじゃないですか。ピラちゃんたち、ぼくのまわりをすいすい泳ぎ、ぼくにぶつかるくらいの所を、ゆったり泳いでました。ピラニアって、愛すべき、平和な生きもの」

「ははは、それはいい」

「それに、あなたが木の枝になってしまい、じっと何時間もいられることに、ぼくは感動しました。あなたは、六十を超えているのでしょう。そのトシで、あんなに熱中できるなんて、すごいです」

「うん、うん。そこを分かってくれたか」

私は、大ナマズをナイフで切り、口に運んだ。

帰りの旅で

正月の休みのせいか、機内には家族連れが多かった。サンパウロ行きに乗りこみ、シートベルトをしめる。ディエゴは窓側の席、私の隣に座りかしこまっていた。

サテライトから滑走路。すぐにエンジンをふかし、上昇し始めた。

「有難う、ね」

私は、同行してくれた礼を言った。

「とんでもない。私こそ。こちらこそ役立たずが一緒にきて、ご迷惑をかけました」

「何を言うか。立派に助手の役をこなしてくれたよ。有難う。休みをふいにして悪かったな。それが心配」

「こんな経験、ハタとじゃなければ出来ませんよ。こちらこそ、有難う」

「恋人（ナモラーダ）の方、大丈夫かな」

「ふふふ、大丈夫、大丈夫。ハタとの旅だと言ったら、それはいい、ぜひ行ってらっしゃいとすすめてくれました」

「美人で、やさしそうで、よかったね」

「ところでハタ」

「うん。なんだい」

「今度の旅、たくさんお金費（かか）ったじゃありませんか。ぼくまでついてきて。出費、五千ドルじゃきかなかったと思うけど。もとは取れるの？」

「もと……と言うと、そうか、無駄じゃないかと言いたいのかな」

「ボニート。水の中はきれいだったけれど。それを見て、ドラードに並んで――ぼくにはとうてい考えられない。高いと思う」

「ふん、高いか」

私は面喰らった。金のことなど考えもしなかったからだ。

「ね、ディエゴ。おれ、ちっとも考えなかったよ。経費のことなど、これっぽっちも頭に浮かばなかったな。ドラードがいた。一つの淵で、同じドラードが戻ってきてくれた。それで充分。それで満足」

「しかし、普通の人では、それでペイしないと思います」

「そうかな。今度、ディエゴ、ピラニアとの関

係が違ったろう。それは、これから一生続くと思うよ」

「……」

「おれはね、何かに熱中したら、可能な限り突きつめたいんだよ。あ、そうそう。君と行ったよね。『ファザーノ』。あのサンパウロ一のレストラン。そこで食べたじゃないか、トリュフを。うまかっただろう」

「おいしかったです」

「おれ、北イタリアの山の中まで、トリュフを掘りに行ったもの。そんな時、これがペイするかどうかなど考えないよ。それから、君が大学に行こうかどうしようかと迷った時、行きなさい、とすすめたものね。後に君が、人生の質が違ってくるのがよく分かりました、そう手紙をくれたね。嬉しかったよ。何でもそうだけど、そこに熱中出来るものがあるかどうかが決め手だよ。金のことなんぞ考えては駄目。ま、その内、分かるさ」

Ⅲ 生きよう、もっと

夢の中、がんの切除

すべては夢の中だった。仕事で東京に出なければならぬ朝。

「私、釧路まで行きます。ちょっと、税理士さんに届ける書類がありますので」

女房がそう言って、風呂敷包みを持ち、隣りにのってきた。

タクシーが走りだすと、むかっときた。

「いけねえ」

そう思って、吐気を呑みこんだ。

「停めて。停めて！」

しばらくタクシーが走った頃、いきなり私は口走り、外へと転げ出た。

道端の草むらに、げぼりと吐いた。

「私、行きます！」

女房がきっぱり言った。決意をこめた厳然とした口調だった。

タオルを渡してくれた。

私は、それで口のまわりを拭きながら、グルとは違うなと勝手に考えていた。

大病の予感はあった。なにしろ、二日か三日おきに、口から血を吐いたのだから。

その病気の予感のせいかもしれないが、大型秋田犬のグルを、仕事の際、書斎に入れるようにしていた。グルは、私が血を吐くと、前足でトントンと足踏みをした後、首を曲げてその血をすべて食べてしまった。床におちたものは、拭ったようにきれいになめとるのである。

私は吐血後、ポカーンとしている。グルがわきの下に顔を突っこんでくる。

「グルか。グルよ、グルよ」

言い知れぬ不安にさいなまれつつ、私はグルの首を抱いていた。

女房が東京までついてきた。ホテルにチェックイン。温度が急に上がったせいか、そこでまたムカッときた。急いで洗面所へ行く。

いつものコーヒー色の吐瀉物ではなく、鮮血が多く混じっていた。

女房が、テキパキと事後処理をし、私の首筋をつかむようにしてベッドに寝かせつけた。

夢うつつ。

でも、隣の部屋で、女房が誰かに電話をしているのは分かっていた。

夢うつつ。そして、うつらうつら。いつかはぐっすり眠ってしまった。

眼を開けると、女房の顔があった。

「明日の予定、キャンセルしましたから。明日からは入院です」

「へ、どこへ」

「Kさんがきてくれます。何も考えず、あなたは寝て下さい」

口をはさむ余地はなかった。

Kというのは、映画時代の親友だった。潜りの仲間でもある。

そのKは、名門の出で、あちこちに親戚を持っていた。Nという超有名な外科医が伯父さんとかで、勝手にコースを決め、翌日の朝には、N教授のいる病院へと行くことになっていた。

そして翌朝。行くと同時に検査。そして手術が決まってしまった。

生きよう、もっと

映画時代の親友Kは、よほど教授と仲がよかったものと思えた。彼は、私の手術に立会って写真をとりまくっていた。

手術が終わり、私が麻酔からさめると、Kが枕もとにいた。

「ははは、終わったよ。すごいもの、体の中に抱えていたんだね。先生、感心してたよ、よくぞ貧血でぶっ倒れなかったものだと。おれ、先生の手術、初めて見せて貰ったけれど、カッコよかったよ。こうメスを持つだろう、そしたらみぞおちにブス、それからへそまで一気に引くんだ。まるで魔法さ。見るかい、写真が上がってきてるんだ」

と、Kは袋に入った写真を手渡してくれた。

初めて見る自分の体の中。

患部は、きれいに開かれていた。がんの元凶は、卵の大きさだった。出血し続けていたので、色は赤黒く、他の部分と比べると、いかにも病気の大もとと見えた。

しかもだ、その患部のまわりを、白い球が取囲んでいた。リンパ、だった。まるで、アラモの砦（とりで）だった。

N教授がやってきた。

「悪い所は、すべて取り除きましたからね。安心して、生活して下さい」

「有難うございました」

「それで、一つお願いがあります。男には、いろいろと道楽がありますね。酒、女、タバコ。この際どれか一つをやめて下さい」

「じゃあ、酒にします」

「タバコは無理ですか」

「作家ですから。紙に向かうと、どうしても欲しくなります」

「では、酒。約束ですよ」

「はい」

それで私は禁酒することになった。

「それから、過激な運動、一年間は控えて下さいね」

「乗馬は、どうですか」

「一年間は無理。腸捻転（ちょうねんてん）の怖れがあります。ま、お大切に」


N教授はそう言って、白衣をひるがえして出て行った。

抗がん剤。

などなど、転移を防ぐものが考えられている。

しかし、私は、一切、受入れなかった。退院と同時に、この病院からきれいさっぱり去りたかった。

がんは、人に命について考える機会を与える。

私だって、あと何年生きられるだろうかと考えた。

けれども、待てよ、と思った。

がんが出来ることは、自分の体には、それに反抗する力もあるはずだ。中には、笑うことが、免疫力を高めるという人さえいる。

よし。向後、懸命に生きることだ。

素朴に、生き生きと。

精一杯、生き抜こうとすることだ。すると免疫力も高まり、薬などよりよっぽどいいに違いない。

生きよう。もっと熱く。

私は、そう決心したのだった。

退院麻雀

いくつも連載を持っていたが、一回も休まなかった。手術を受けた三日後から仕事を始めたのだ。これには、女房の協力が大きかった。私には、書痙という厄介な障害があり、右手にペンやエンピツを持てなくなっていた。力をこめて字を書く癖があり、その筆圧によって骨が変形し、神経を圧迫する痛みだった。

窮状を救ってくれたのが女房だった。彼女は、字を写し取る才があり、私が原稿用紙を指さしながら文章を喋ると、それを原稿にしてくれるのだった。

普通、入院したり、旅をしたりする前には、書きだめと称するものを徹夜で敢行し、時間を空けるものである。ところが、この回に関しては、夢の中だった。ふわふわと宙を舞い、胃袋を失っていたのである。

病院の環境は申し分がなかった。親友のKは、私のために、特別室を用意してくれていた。広いし、静かだった。しかも、八帖間の和室がついていた。チューブが体から外れると、ベッドから下り、和室にもぐりこんでタバコが吸えるのが有難かった。病院では、どこでも禁煙だ。

わが家に十年間以上居ついた元ジャズ歌手のエ

ツコという人物がいる。彼女はヘビースモーカーであり、ドアが開くと、まず火がついたタバコが現われる。

エツコが入院した。スキルスというちょっと性質の悪いガンだった。そのエツコが、毎朝、六時頃、私の所に電話をしてくる。

「ちょっと、あのう、用事があって」

来てくれと言うのである。何のことはない、私を呼び、付き添いに仕立て、ナースステーションの前を通過するためだった。その後は、外へ出て、タバコをぷかり、ぷかーりである。

ブラジルはサンパウロで、体調を崩したことがあった。三十年来の友、南米通信の尾和君が、病院を手配した。

「さあ、行こう、ムツさん」

しつこく手を引張ったりした。

「断わる！　ここまできて病院だなんて」

「いかんよ。おれ、いっしょに行くからさ」

「その病院とやらは禁煙だろ。タバコが吸えないところへ行ってたまるか」

私は、きっぱりそう言った。すると尾和君は、必死でいろんな所をさがし、翌日、

「あったよ。入院室でタバコが吸える所が。これぞムツさん向きだ」

「へえ、どこ、それは」

「イスラエル！」

「ちょっと遠いなあ、行きつく頃には病気が治ってるよ」

「それもそうだね」

尾和君は、私を病院へ閉じこめる案を取下げた。何もかもなかった。良い、悪い、なんてものじゃなかった。退院は、二週間後。それからというもの、嵐の日々が待っていた。

即（すなわ）ち、病院からホテルに着くと、漫画家の園山俊二が待っていた。それから麻雀である。悪友三人と、次の日まで遊んだ。

さあ麻雀だ、徹夜だぞ

退院は二週間後。みぞおちからへそまでの大きな手術痕から想像し、あと一週間は居なければならぬだろうなと思っていただけに、正直、天にも昇る気持ちだった。

バンザイ、である。ホテルの方に連絡し、私は腹を平手で押えながら病院の外へ出た。

二週間。寝たきり。

それだけなのに、人間の能力は、何とガタ落ちするのだろうと私は目を見張った。生理学の専門家だから、使わないと、筋肉は三日間の内に退化を始め、などと説明したりする。筋肉だけではなかった。ホテルへのタクシーの中で、私は目まいがし、窓の外を流れる風景に目をぱちくりした。

ホテルの入口で、

「停めて！　停めて‼」

と、私は大声で叫んでいた。折から、サクラが満開だった。日の光を浴び、一輪一輪がくっきりと咲き誇っている。

何という美しさだ。そうか、おれは、こういう美しいものがあるシャバに帰ってきたのだ。死ぬのは、やはり嫌だ。

ロビーには、悪友が三名待っていた。園山俊二を筆頭に、麻雀の仲間である。

「ややあ、おめでとう。悪い所を除(と)っちまったのだから、さあ、これからお祝いだ」

「そうよ。一週間前から、仕事を前倒しして時間を作ったんだからね」

「奥さん、悪いけど、旦那をちょっと借りますよ。なあに、すぐ終わりますから」

私たちは、新宿の雀荘へ向かった。漫画家たちが集まる行きつけの店だということだった。店は三階にあったが、腹が突っ張った感じで、かなり痛く、これで打てるのかいなと心配になった。

雀卓についた。

牌(パイ)が配られる。

「うーん、これだよね。そう、麻雀」

私は、自分の配牌をなでさすりたくなった。一牌ツモってきて、一牌切る。腹の筋肉がヒクン、ヒクンと痛んだ。

皆は、雑談しながら打つ。

「ハタさんが東京に出て来てるってさ。でもよ、

ぼくたちに連絡がないんだもの。なにしてたんよ」

「そうそう。ホースケ（福地）は怒ってたね。でも、園山さんから連絡がまわり、だったら、退院の日には絶対打とうとなったんだよ」

「そうそう。竜ちゃん（北山）なんか、入院して弱ってるだろうから、叩きのめすチャンスだとか言ってたね」

ゲームは進んでいく。結果は、卓にそなえつけられた紙に記していく。

「はい。三千九百」

私は、牌を倒した。

面白かった。それまで経験したことのない麻雀だった。アガル道筋が見えた。相手の手牌が透けて見えた。

私は、勝ち続けた。

面白いな、うん、面白いと徹夜になった。私は、退院の日、麻雀に誘ってくれた三人の友情に感謝した。

対子場、地獄リーチ

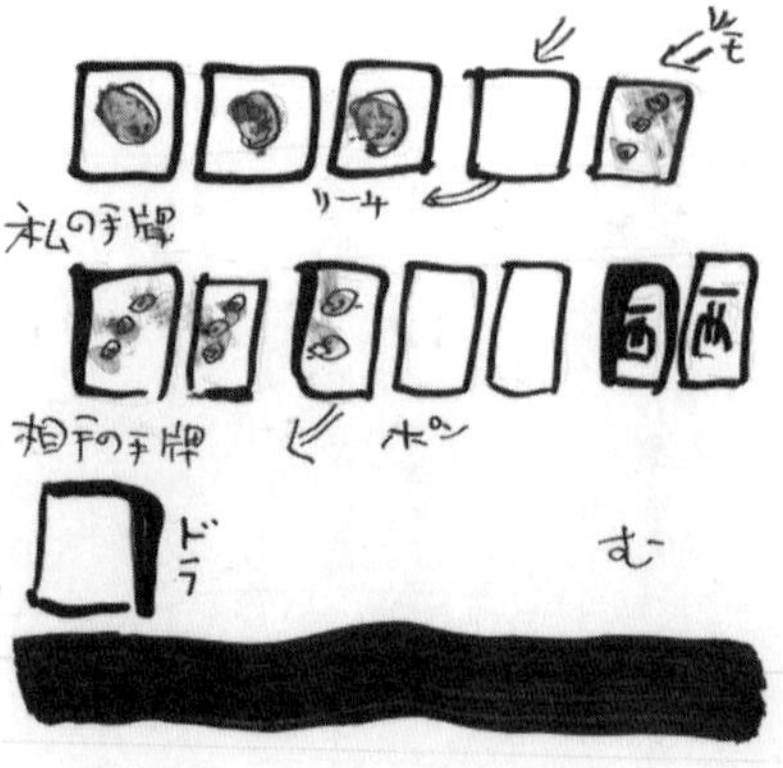

退院直後の麻雀は、面白かった局面を、くっきり憶えている。

ギャンブルやゲームなどでは記憶力が重要な役割を果していると言われている。囲碁や将棋では、一手一手の進行を譜にとって、それをたくさんの人が愉しむことが出来る。

麻雀にも、譜がとられるようになった。麻雀小説の第一人者、親友の阿佐田哲也氏などは、小説の中に牌活字を持ちこんでしまった。

読んでみると、映像的で、実に分かり易かった。牌活字は、マスコミの立派な発明品であると思う。

上京すると、私は阿佐田さんと徹夜で麻雀をした。オヒラキは、たいてい朝の四時か五時であった。皆、週刊誌や雑誌に連載を持っていて、それらを昼までには渡さなければならなかったのである。

たいてい、残るのは阿佐田氏と私であった。その日の午後ごろまで打てるのなら、ま、いいのだが、早朝の中止とは中途半端であった。しかも、神経の方は、いろいろ考えた余韻が残っていて、ちょっと別かれ難かった。

「どうです、行きましょうか」

と、私は自分のホテルに誘った。

「いいですなあ。このギャンブルの後というものは、生きている余韻みたいなものが体に残っていて、ふわーん、ふわーん」

二人は、雀荘の前でタクシーを拾った。

私は、ものを書くので、広い空間を必要とした。特に東京に出た時には贅沢をし、ベッドが一つだけのシングル・ルームなどは借りない。

シャワーを浴びる。湯衣(ゆかた)に着換える。

朝食を注文することもあった。

「あそこの、あれはどうして手牌の中から切ったのですか」

「まずかったかな。あの局面では、ツモ切りをしなかったのよ。余っていたので、つい切っちゃったがね」

「ぼくは緊張しましたね。あれ以後、ソーズが切れなくなった」

「あのねえハタさん。麻雀を打つ。選ばれた四人で。それを何冊もの本にしたいと思いませんか」

「いいですね」

「メンバーは、将棋の大山さん。ぼく。それとハタさん。あとの一人は、野球の三原監督。でもね、三原さんが、どうしてもウンと言わないのよ」

そんなものかなあ、と思った。

その後、元西鉄の中西さんに会い、この話をすると、

「おやじはねえ、余技が表に出ることを嫌っちょったよ」

と答えてくれた。

さて、この日の麻雀。私の手はが暗刻(アンコー)。ドラは、白板(パイパン)。私の手牌はイラストの通りだ。何と白板単騎になった。

しかし、生き返りたい。を持ってきた。チャンスだ。白板を叩き切ってで待った。

対子(トイツ)場にときどき出現する、大変シャクな地獄リーチである。

ああ、あの日の麻雀

いつの頃か、阿佐田哲也さんの名前の前に雀聖という称号がつくようになった。あらゆる新聞雑誌などで、雀聖阿佐田はこう言ったなどと書かれ、またたく間にそれは受入れられてしまった。

これは、不思議なことだった。勝負師にはわれこそと思う人も多く、誰かが名人位を取り、名人誰それと紹介されても、何を言う、一年だけの仮の名じゃないか、弱いくせに何を言うかと鼻先であざ笑っているのが普通である。

ところが、阿佐田さんだけは特別だった。彼のことを、一言だって悪く言うものはなかった。誰もが尊敬し、誰もが彼を好きだった。その包容力の大きさは、一種独特のもので、私などは、彼と麻雀が打てると雑誌社に呼ばれたりすると、何日も前からウキウキし、仕事が手につかなかったものである。

その雀聖には夢があった。麻雀にも将棋や碁と同じで、のっけからおしまいまで後ろに人がいて、譜をつける。これを牌譜（パイフ）と呼んだが、それを流行させ、定着させたのも阿佐田さんの功績である。

阿佐田さんは、私に会うと、

「ハタさん。何とかなりませんかねえ」

と、しばしば言ったものである。

「選び抜かれた四人で、毎年、何回か麻雀を打ちます。それを何十冊かにまとめて本にします。これが出来たらなあ」

それをやってみようと試みた出版社がある。

麻雀の専門誌を創刊し、維持している竹書房である。彼らは、五味康祐氏、青木博王位、阿佐田哲也氏、それに私を選んでくれた。

全牌譜が単行本になるのだと言う。私は心をこめて打った。一牌だにおろそかにせず、いのりをこめて打った。

この日、私はツイていた。要牌を持ってくるし、きわどく勝利を拾っていった。

そして、勝負は、南場四局になった。いわゆるオーラス。

オヤが雀聖。私は西家。下に五味さんがいた。

五味さんが、けたたましい切り牌をしてきていた。

阿佐田さんが、軽い切り牌をしていた。

八巡目、私は[八索]を引いてきた。

「これは切れないな」

と、本能が教えてくれた。アタルなら、阿佐田さんだ。私は、その牌を手牌の奥深くにしまいこんだ。

そして下家。五味さんが派手な試みをしていた。満貫中の大満貫、国士無双という役満をテンパイしていたのである。

そこに、私のツモが[九萬]。

これがアタリだと確信した。

ツモられても、振りこみでも、これが河に出れば五味さんの大勝である。私は押えた。

後に阿佐田さんは、こう書いている。

――あがってから驚いた。五味さんが国士無双をテンパッていたのである。いかなる指先の麻痺のせいか、国士無双のロン牌[九萬]をツモ切りしなかったことである。

五味さんのアガリを阻止するには、誰かにアガって貰うことである。私は[八索]を切った。

カジノがやっと

ついに、ようやく、ほんとに、とうとう、日本にカジノが出来ることになった。まずは目出度い。憲法改正より、ずっとずっと嬉しいニュースだ。

私は書斎の裏の窓を開け、森へ向かって叫びたくなった。

「おうい！　ついに、だぞう。カジノだぞう」

出来たって、どうするでもない。私は、自分が、カジノ通いしないだろうとよく知っていた。開いて何年かたち、麻雀専門のビルが出来て、賭け麻雀をいつ行っても出来るとなると、行くだろうな、と思う。

ＩＲ法と呼ぶのだそうだ。可決する前から心配されているのは、賭けごと依存症のことだ。賭けにのめりこんでしまい、どうにもとまらなくなってしまう。出来ることなら、自分の手足さえ投げ出したくなる。この足一本賭けたぞ、さあ、いくらだ、と。

でも、バクチ場で信用出来るのは、現ナマしかない。現金を持たぬ客は、単なるゴミの一粒でしかない。

昔は、親分がそれぞれ自分の持場を守って賭場を開いていた。

すると、金を使い果たした病人みたいなのが出てくる。バクチ場のユーレイである。ハンパ者で、腰が軽く、「おい、お茶」とでも注文しようものなら、ヘイ、ただ今、とすぐさま持参する。

ただし、その客のふところ具合を、斜め上方からすばやく読み取ってしまう。そして、小声で小金の持主に囁くのだ。

「これは秘密ですがね、親分直系のあの男の情報によれば、この次の目は三がかたいと言うのです。私が、買ってきましょう」

目にもとまらぬ早業で、その客の財布から金を抜き取る。そして三がらみの券を買ってくる。

アタルか？

アタれば大きい。

彼は、三がらみで買う。それだけで満足してしまうわけである。

もし、それが的中でもすれば、配当分からいくばくかを分けて貰い、次には自分の金で勝負出来るわけだ。

この手の人間を、バクチ場のカスと言った。カスミとも呼んでいる。要は、バクチ場のクズであり、ゴミである。

今は、ゴミとは言わない。賭博依存症という別名を与えている。

カジノを開くにあたって、この依存症をどうやれば出さずに済むか。まず議論されたという。

これは、国民の子供扱いである。現場では現金しか通用しないのである。現金がなくなれば、ハイ、サヨナラヨである。

それなのに、賭け依存症をなくすため、週四日までしか入場出来ないとか、足のしばり方がまったく逆である。

一年間働いた。ようし、のんびり休みをとって、カジノでも行くか。

などという、楽しみは出来なくなってしまうではないか。カジノというのは、あながち悪ではなく、人をほっとさせる場所でもある。

さあこい。仕事よ

ロンドンとパリを、ゆっくり旅した。

テレビの取材で忙しくなる前、私はある機内誌に紀行の連載を持っていた。

その第一回を少年時代から憧れていた、ロンドンとパリに決めた。

常に仕事に追われて生きてきたので、時間がある、明日も明後日も、自分が使いたいように使える。そう思うと、豊かな気分になった。後にも先にも、こんな経験をしたことがなかった。

時間は、私にとってご馳走だった。あるというだけで、こんなに嬉しいものだろうか。

ときどき、マロニエの幹に片手をついて休みながら、私は口をパクパクさせていた。時間を食べ尽したかった。

私は、入社の際、正式な日時に試験を受けて入ったわけではなかった。

社長に自分の書いた小説などを送りつけ、入りたいと頼みこんだのだ。そして、面接二時間、私を追っかけるようにして、わが社で採用するという速達が舞いこんだ。

勤め人、いわゆるサラリーマンが、どんな生活をするのか、しているのか、私には一片の知識もなかった。配属された所で、命いっぱい働くだけだ。

配属先は、生態グループという所だった。よくは分からないが、生きものを扱う部署らしかった。映画を作る会社でもある。すぐさま、演出助手という肩書きが出来た。監督の助手、つまり助監督になったわけである。

私は、帰って女房に報告した。

「おれはな、部長に呼ばれて、今日から助監督になったんだぞ」

と、鼻高々と報告した。

さあ、どうしよう。

中途半端は嫌だった。自分の持てるものをすべて注ぎこんで、役に立つ男になりたかった。

今、働き方改革というのが、議論の端にのった。何を言うか、である。

働き方なんて、人によって違う。仕事は、こなさなければならぬ。

最初の映画は、秋山監督のものだった。選りも選って、彼は『蛙の発生』という教育映画を手がけていた。

私を、有能な助手にするため企画したような映画だった。蛙の卵一個を収納して生かし分裂もさせる小さな箱、キュービックルなんて、私には大き過ぎるくらいだった。

一時間もあれば、十分の一ミリ程度の精度で作りあげてしまった。

そのうち、カメラマンが呼ぶ。

「ハタくん、ハタくん、ちょっと」

カメラをのぞいてくれと言う。右端上方に白い小さなホコリがついていた。

「ＯＫ。ちょい待ち」

私は、ホコリを取り除くためのマイクロピペットを作った。

「ハイ。ＯＫ」

「へーえ、見事、見事」

小さい仕事なら、お手のものだった。

夜のロンドン

二日目、ロンドンの夜は足早にふけていった。腕時計を見た。街灯の明りは、思ったより明るく、十時を少しまわったところだった。

一日目は、とにかくよく歩いた。地図と街のしるしを見ながら、足が向く方へと歩いた。暗い路地もあった。道を急に曲がると、道は細くなり、片側に車が停めてあった。

石だたみ。石造りの家。

しばらくうろうろしてから、そうか、焼け野が原になったことはないし、古い街なんだとやっと気づいた。

人はまばらだった。二人、三人と数えるほどだった。ロンドンっ子というのは、夜遊びをしないのだろうか。

友人に今回の旅の話をしたら、

「また変な所へ行くもんだね。世界中で、一番面白くない場所へ、十日もかい。退屈で死んじゃうぞ。それに食べるもののまずさときたら、お前、間違ってもハムステーキなどを注文したら、ははは、食べられないからな」

と、笑われてしまった。

着いた夜に飛びこんだレストランのメニューに、大きくそれがのっていた。よし、ものはためしだと注文した。

運ばれてきたステーキの大きさに驚いた。

これを食べるのか。全部……。

ため息がもれた。やれ、やれである。

ナイフを取り上げ、少しだけ切ってみた。スパリと切れ味鋭くナイフが通った。

食べた。うまい。おいしかった。

他人がほざくことは、これだからアテにならない。おいしいぞ、イギリスは。

ポケットに手を入れ、ぶらぶら歩く。その内、警官にいぶかしがられるかも知れない。

が、朝まで、その気配はなかった。

二日目は、カジノ行きだ。麻雀友だちがいたので、彼に案内を頼んだ。

彼、Fは、ロンドンでいろいろなニュースを摘み取って、日本へ送っている。生活が大変だろうなと心配になるが、けっこう現金は持っていた。

「やあ、大変面倒なことを頼んで」

「いやいや。この役は初めてじゃないよ。夜、

十時を過ぎたぐらいの方が面白いよ」

と、先に立ってスタスタ歩き、とある建物の前で立ち止まった。

「ここだよ」

アメリカ風のどぎついネオンを期待していたのだが、古いビルの一角の扉を押した。

細い廊下があった。プロムナードである。ここで、客の正体を推し計るのだ。

中には、すでに客が三割ほど入っていた。

Fが言った。

「ちょっと早過ぎたかな」

「いやいや、おれベストだと思うよ。今ならどこでどのくらい賭けているか、ブラックジャックをのぞいたり、ルーレットを見物したり、忙しいよ。今から。それにちょっとコーヒーも飲みたいし」

私たちは、賭けの場所を外れた。賭けている客は見えないようにしてあるコーヒーバーだった。

カジノの隅で

カジノの隅で飲むコーヒーもオツなものだった。私はブラックが好きで、イギリスのコーヒーも、まあ合格としようと思った。

そう言えば、来る時のった飛行機の中でのコーヒーは出色だった。苦味が舌の奥をながく刺激してくれた。

Fが訊いた。

「どうです、景気は」

「まあまあ、でんな」

私は、関西弁で答えた。

「ムツさんは、いつものんびりしてるなあ。見てて福々しいよ。麻雀でもそうだったよ。ひとかけらも抵抗感のない所が一つあって、無視していると、ゲームの急所で、ひょっこり表に出てきて、ローン（和り）と言うんだものねえ。皆、プロとより打ち難いという評判だったよ」

「ははは、麻雀はね」

「ぼくが知ってるなかで、三本の指に入るなあ」

「ふふふ。それなりの苦労はしてるつもりだがね」

「それに、持つもの持ってるし」

「まあ負けた分を、どこかに落ちていないかと、帰り道でキョロキョロしたりね。それはなかったな」

「おめでとう。この前、賞をもらったんだって。今は、作家さんだね」

「作家になりたいと思ってるんだけど。一字書いて、いくらの世界だもの。そんなに、ザクザク入ってくるものじゃないよ」

「おれなんかより、くらべもののないくらい高いんだろうね。原稿料……」

「ま、チョボチョボ」

「おれなんか、たくさん頼まれるけどね、もちろん署名原稿じゃないよ。ロンドンを旅するにはという気楽なテーマでね、ま、一枚三百円ぐらいかなあ。よくて、五百円」

「ふふふ。でもさ、アルバイトがあるんだ」

「そうよ。そうでなければ、こんな所にこれやしないよ」

「そのさ、蝶ネクタイ、非常によく似合っているよ。おれ、別人かと思ったよ」

「へへへ」とFは笑い、

「試しにつけてみたら、満更でもないからね、それで、夜、出歩く時はちょっとね。イギリスにきてつくづく感じたのは、ここの人たちって、どこかイキなんだよね。女を連れて食事に行く時だって、どこかをおしゃれするんだ。おれ、ネクタイぐらいいかなあと思ってさ」

「イキねえ。分かる気がする。江戸時代の男たちが、タバコ入れにコリにコッたり、根つけをいいものにしたり、分かるね、その気持ち。あ、サンキュー」

奥の奥から、黒っぽい服を着た男が出現し、コーヒーを注ぎ足してくれた。

飲んだ。

これがうまかった。長時間、サーバーの中に入れおきしたものではなかった。注ぎ足しのためだけに、新しくいれたものである。私は、ズボンのポケットから、何がしかをつまみ出し、男の左手の中に入れた。

Ⅳ 夢まぼろしの世界

な、なんだ、これ

な、なんということだ。

一体、どうした。おれはどこへ行った。

どうしたんだ、どうしたんだ。

ゆっくり自分の体を点検する。体にビニールのチューブが入れられている。何本も。

全体に白いカラーで統一された部屋。

おい、選挙はどうなった。

野球は、どうなっている。そろそろ総決算の時

を迎えている。

私は、自分が小柄なせいか、アルトゥーベという選手が好きで、追いかけている。

日本では、この日本ハムの大田だった。さすがに栗山さん、大田を使い続けた。ホームラン十五本、一応は結果を出したが、望み通りの成長とは言い難い。

バッティング理論は、ゴルフスイングの理論が入ってきて、大いに発展した。しかし、それによって類雑になり、ものの本質を見逃しているのではあるまいか。

構える。投手の動きに合わせて右足へ体重をのせる。トップを作り、左足へと体重を移動しつつインパクトを迎える。

私には、忘れられぬシーンがある。

イトコがもとの西鉄ライオンズに入団していた

ので、しばしば練習を見に行った。投手は、稲尾である。彼は、捕手を座らせ、アウトコース低目だけをねらって投げる。それだけを磨きたいという意気やけんこう、拍手、拍手である。

その終わり近くに、豊田がくる。高倉がくる。そして、豊田が、すまなそうに言う。

「いいかね。二、三球」

そしてバッターボックスに入り、投手が投げる外角低目をねらう。トップからすうっと出す。彼らは、インパクトでひねる（シバク）打ち方を研究していた。

豊田や高倉など、稲尾のボールを振り切って右翼ポールすれすれに飛ばした。

私は一つだけ聞きたいことがあった。ゴルフの帰路、当時の四番バッター中西大明神の車にのせてもらった。

「どうですか、ねえ、シバク際、体重移動はどうしたのですかね」


「そげな難しかことは考えちょらん」

現在の広島の一番から五番までの選手、これも近代打法を取入れている。その根は、ベーブ・ルースにあると思っている。

その野球を見ないまま、ベッドにしばりつけられているのである、ああ。

テークバックの頂点から、そのまま回転してインパクトを迎える。あの大天才、ベーブ・ルースがそうだった。踏み出した足に体重を移したりしないのだ。ゴルフのボールは動かないのをヒットするが、野球では、ボールは向こうから飛んでくる。

ともかく、私は気を失った。そのままドクターヘリで釧路の大病院のＩＣＵへ。

分からない。気がつかない。目がさめたのは、次の日だった。

ドクターヘリとオキシトシン

異変は正面から一気に私を襲い、何もかも一切合財、奪い取ってしまった。

その夜、私は講演の予定が入っていた。だから倒れる日の一日前、夕食後、畏友川島誠一郎博士の論文集を取出し、机の上に積んで片っ端から調べ始めた。川島は、動物ホルモン学の一方の雄であり、東大の名誉教授でこの世を去った。その共通の師が、大碩学竹脇潔先生である。

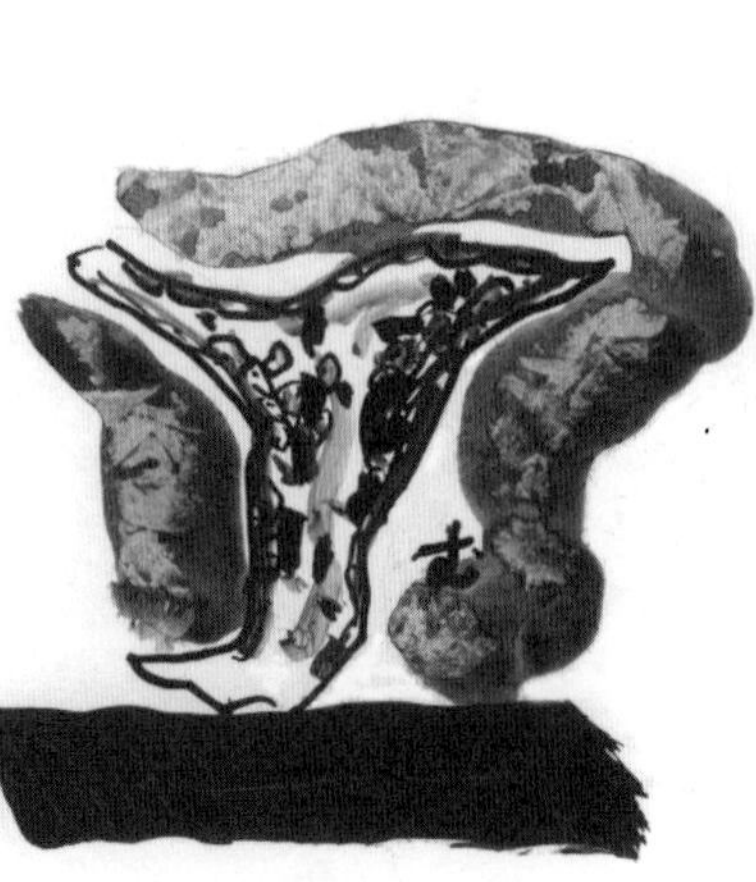

川島は、イケメンで、熱血漢だった。デモなどにも参加した。でも、左翼思想にこりかたまった末の行動ではなかった。どちらかと言えば、レーニンを読むためにロシア語をかじり始めている私の方が、左傾は本格化していた。

大きなデモ。スクラムを組む二人。雨。警官。二人で、群衆をかきわけて逃げる。二人とも逃げ足は速かった。そして青線。その二階に逃げこんで、体も心も丸くすくめて難をのがれた。

研究室は、理学部二号館。同じ階で、彼が北、私は南にいた。ある日のことだ、彼が手まねきしてくれた。後について彼の部屋へ入った。顕微鏡。スライド標本は、脳下垂体。そこから下に伸びている部分。

染色された赤い点。

点、点、点。

「これか。これが。うん」

初めて見る神経分泌物質。

神経の中を走る命令。電気的な情報伝達。

カエルなどでは、脳下垂体後葉に送られ、体色変化に関係してくる。

体色変化。そうだ。体が白っぽくなったり、黒っぽくなったり。これは、意外と大切なことだぞ。

体の色。それで相手と伝え合うもの。

ようし。話は、ここから始めよう。

オキシトシンの原点にあたるものから。

北海道の書斎。

私は、画の机の方に変わった。

フクロウに彩色する。

来年の三月で、銀座で開き始めた個展が三十五回目の記念となる。

モンゴルの馬の群れ。


どうも、今一つ集中力が足りない。

私は歩いた。本の紹介文を頼まれて、一冊ずつ手に取っていくが、多過ぎて一向に進まないのである。

ええい、中断！

こういう時は、風呂。

自慢だったひのきの風呂。腐って駄目になったので、プラスチックのおけに換えた。これは、これでいい。

風呂には、リスボンで買ったダニエル・スティールの『Um Longo Caminho Para Casa（長い家路）』。辞書を使わないで、声を出して読み、折角の程度を落とさないようにしなければならぬ。

そして、朝がきた。

着替える。娘ムコのツンちゃんが迎えにきた。それで空港へ。

記憶はここまで。私は人事不省になる。ドクターヘリがやってきた。

書斎から病院へ

一睡もしなかった。しなかったと言うより、出来なかった。夜が明ければ、講演の予定が入っているので、昼の便で東京へ出なければならない。

書斎には、書く場所が三つあった。そのどこにも、新しい原稿用紙が広げられていた。

前に座る。どうにも落着かない。不快さが下からこみ上げてくる。

苦しいのか？

乗り越えられない苦しさではなかった。これくらいの苦しさは、何度もあった。

しっかりしろ！と、自分を叱咤した。

次の机。それからまた、次の机。

そうだ、こんな時は、風呂だ。私は、集中力を増すため、風呂を熱くした。

入ろうとした、次の瞬間、ぐらりときた。前のめりに倒れた。風呂のふちで左の胸をいやというほど強打した。

気がつくと、湯の中に仰向けに沈んでいた。普通の人ならうろたえるかもしれない。でも私は、水の中は得意である。ニヤリと笑ってゆっくり顔を出した。

体をふく。でも、一向に集中力がわいてこなかった。

ええい、負けるものか。

一つの机の前で粘ってみた。出かける前までには、やっておかねば。

妙な苦しさが下から這い上がってきた。

えい、えい、えい、えーい。

着ているものを、一枚ずつはねとばす。最後には、パンツまでも。

まっ裸。座っておれなくなった。床に這う。

苦しいよ。苦しいよ。

床を這っている。書庫を這った。ついには廊下へ出る。

そこへ、女房が起きてきた。

「あなた！　何をしている……」

抱きとめられた。

「暑い、暑いよう」

「駄目じゃないですか。このままだと風邪を引きます」


女房は、新しいパンツとシャツを私に着せてくれた。

「行くぞう」

「分かってます」

ズボンを着用。そうだ、財布。

私は深呼吸をした。

「行くぞう！」

そこへ娘ムコのツヨシ君がやってきた。

「ムツさん。行きましょう。医者へ」

「よし、行こう」

「ああ、やっと、医者へ行くと決心してくれましたか。ママ、ママ！」

と、ツヨシ君は、私の女房を呼んだ。

「行きます」

裏にある町立病院へＧＯだ。

私ときたら、もうすでに意識がなくなっている。

何故か、「マロニーちゃん」というコマーシャルソングを口ずさんでいた。

ドクターヘリで釧路へ

町立病院に着くまでは、おぼろげながら記憶はある。しかし、ツヨシの車を降りてからは、何も分からず、なんとか自分の足で玄関を通ったらしい。

応急処置がほどこされた。

「これは釧路だ！」

ヘリコプターが丁度、空いていて、三十分後には到着するという。いわゆるドクターヘリという代物である。

女房と娘が駆けつけてきた。

病人には麻酔がうたれ、口から管が挿入された。

女房は、私の手をにぎった。氷のように冷たかったという。

「急に寂しくなって、ほんと、今生の別れになるかもと思いました」

後で、しみじみそう言った。

ヘリの音が近づいてきた。

「釧路から、医師と看護師の二名が乗ってきます。ご家族は無理ですので、車でお願いします」

釧路には、幣舞（ぬさまい）町に、循環器系の患者を診る立派な病院があった。

ヘリコプターが着いた。

釧路の先生と町立病院の先生とで、専門的な簡潔な会話がかわされた。

ヘリが飛んだ。

ツヨシは、車を左へ。

日毎に、秋色が濃くなっていく原野の道に出た。きちんと舗装されていて、道は空いていた。ツヨシは、後にこう言った。

「こういう日が、いつかくるだろうなとは思っていました。でも、いざきてしまうと、なんだかポカーンとして、事故だけはいやだぞとアクセルを踏んでました」

釧路、着。

三慈会という病院のスタッフが地上に待ち構えていて、あっという間に病人は運ばれた。行先は、集中治療室だった。

「どうやら心筋梗塞のようだ」

スタッフは、てきぱきと働いた。

心筋梗塞!

同じ病気で私の父が倒れていた。

私が駒場祭で上演する芝居の追込みにとりかかっている時のことだった。


学部での祭りが五月祭。教養学部で行うのが駒場祭だ。

何をどうするか、クラスで討論した。

「芝居やろうよ、芝居だよ」

誰かがそう提案すると、イッパツで決まってしまった。そして、全員が私の方をふり向いて、

「うん、ハタだ。ハタしかいないな」

と、指名されてしまったのである。

芝居には、興味がないわけではなかった。中学二年、三年生の時、自作の芝居を学園祭で上演しているし、高校三年の時は、谷崎潤一郎の『無明と愛染』という芝居の演出をやらされた。その折も、「ハタだ、ハタしかいないよな」と押しつけられたのを記憶している。

チチ、キトク　ハハ
電報を受取り、私は九州へ飛んで帰った。

道道に思いあり

わが町、中標津町から釧路までは、立派な道道がついている。北海道の道という意味である。直線ではなく、アンデュレーションに合わせて、右や左に曲がっている。

いい道だ。

通る度に、ツヨシは目を細めた。起伏の頂点に並ぶカラマツの葉が、金色に輝いていた。

「元気ならばなあ」

ふと、そう思った。この道を通って、何度ゴルフへ行ったものか。ゴルフを始めたのは、きっちり同じ日だ。ある日、ムツさんがクラブを持帰り、

「おう、やろう。行くぞ」

と、練習場へ行った。ムツさんという人は、つくづく面白いと思った。

「うん、ほおー、うん、うん」

何度も頷き、懸命にボールを打つ。一球打つ度に、感心する。面白いよ、これ、と感心した口調で言い、コースよりも、練習場の方が面白いと断言した。

やめたのは、ほぼ十年ほど前だ。フッツリやめた。それ以来、テレビでゴルフの中継などは観るが、自分では、クラブを握ろうとしなかった。

やめた日、ツヨシは一緒にいた。

ティーアップをした。フュンとクラブを振った。ところが、とんでもないミスショットで、ボールはティーから転げ落ち、四、五センチ転がっただけだった。

ムツさんはというと、うーん、とわけの分からない声を発し、ゴルフバッグにすがりつき、肩をふるわせていた。

「大丈夫？　痛いの、肩、肩ですか」

ツヨシがのぞきこんだが、何も言わなかった。このムツという人物は、腕がとれたって痛いとは言わないのを、ツヨシはよく知っていた。

ムツさんの左の胸が、異常に変な反応をしていた。最初、例の肩の古傷か、と考えた。以前、ゾウに腕をひねられ、逆をとられ、振りまわされたことがあった。その後遺症だと。

だいたいムツさんは、負けず嫌いだった。一緒に始め、背も高いし、筋力にも優れているツヨシに、飛距離がかなうわけがない。しかるに、よう

しそれではと、長尺のクラブを購入してきた。四八インチのクラブを振りまわし、ほうれ、飛んだあとご満悦だった。

左の痛みは、どうしようもなかった。ドライバーを振ると、中の肺までが遠くへ飛んでいってしまう感じがした。

「これは、いかん！」

無理をすると、とんでもないことになるという予感がした。それで、ピタリとやめてしまったのだった。

ツヨシは思う。

「あれだけ好きだったのになあ」

と、道道を常々と走った。

病院に着いた。処置は終わっていて、ムツさんは、ＩＣＵで管だらけになっていた。

「見て、肺からこれだけの水が」

スタッフが一リットルぐらいある、血が混じった水を見せた。

ヤセ我慢のコンコンチキ

娘ムコ、ツヨシは、ムツさんの肺から取出された水を、しげしげと見つめていた。それは、大型のメスシリンダーのような容器に入れられ、鮮血が混じっていた。ツヨシは、その量の多さに驚いていた。

彼は、馬が好きで、ムツ牧場の場長をしている。だから生きもののいろいろな臓器に水がたまることを知っていた。その都度、獣医にきて貰い、抜いて貰っている。一番多かったのが、肩の異常だった。大きくふくれ、見ただけで分かった。

「あ、これはひどい」

と、獣医は太い注射針をつけた道具をぶすりと突きさし、中の水を抜いたものだ。

それでも、二百CCぐらいだ。だけど、今度のムツさんのものは、一升ぐらいあった。義母に聞いたところ、丸裸になってもだえていたというが、さぞ苦しかっただろうと思った。

道理でと、思いもした。今回、病院へ行こうとツヨシが言ったら、やけに素直に、「うん」と答えた。こんなことは、初めてだった。義母はムツ氏のことを、

〝ヤセ我慢のコンコンチキ〟

と言うけれど、いつだったか、朝、馬の世話を

していて足に乗られ、指を骨折したことがあった。

ムツ氏は、ふんと鼻で笑い、行くぞと、予定していたゴルフへ出かけた。シューズがはけないので、骨折した方は、はだしだった。マネージャーに話し、はだしでプレーする許可を貰ったのはツヨシだった。そして、その次の日、アマゾンのロケに旅立ったのである。

「チクショウ、こんなもの！」

と毒づき、三サイズ大きなクツを買って、ぱこん、ぽこんと音をさせて歩き、あくまでも平気をよそおっていた。

病室にいたスタッフが、さっと緊張した。

その中央を、小柄な男が入ってくる。主治医だった。

彼は、ツヨシに向かって言った。

「えーと、ご家族の方ですか」

「はい。義理のムスコです」

「それは、抜き出した水です。それから、心臓

の方、冠状動脈に軽い梗塞がありましてね、処置をしておきました」

「有難うございます」

「肺炎を起こしてましてね」

「そうでしょうね。コンコンチキですから」

「え？」

「あの、すみません。うちでは、そう呼んでるのです。何でもかんでも、ヤセ我慢をするものですから」

「心臓の方が弱ってるものですから、ペースメーカーを埋めなければならないのですが、なに、肺炎の方はすぐよくなるでしょうから、三日後に手術をしましょう」

「はい」

「その夜は、誰かご家族の方にきて貰いたいのです。見張りをかねて、泊まりで」

「分かりました。私か、女房がきます」

ツヨシは頭を下げた。

ICU、夢うつつ

やわらかな光が、しっとり部屋を照らしていた。どこに光のもとがあるのか分からない、影をつくらない光だった。

病人が一人、ベッドに横たわっている。言わずと知れたムツゴロウ氏だ。

向こうで誰かが喋っていた。なつかしいというか、聞きなれた声だった。

——女房の奴、やってきたな。

と、私は意識の底で認識した。

相手がいる。一人、二人、三人だ。夫婦と子供。子供は背がのび、奥さんより大きくなっている。風羽（かざは）君だ。

「そうだ。彼女には、アメーバの取り方を教えるんだったな。元気になったらな」

と、胸の内で、ぶつぶつ言った。

女房が言った。

「ヘリコプターでここへくる時、私、本当に今生の別れと思いました」

「大変でしたね」

「あとこのくらい」

と、女房は両手で三十センチほどの幅をつくり、

「遅れていたら、多分、生き返っていないだろうと言われました」

三人づれは弘中一家であろう。釧路の獣医さんだ。それ以上の会話は、疲れで聞き取れなかった。えーと、風羽君。下の池だ。アメーバを取るには、底の土の表面を、そうっとはがすように取り、大きな器に入れてだね。

独白の方に何かが切りかわっている。目をつむってウトウト。

体には、どこも痛い所がなかった。肩。指。特に右手の指は、中指の先っぽをライオンに喰われている。

これが、いつまでも痛い。特に天気の変わりめ、つまり気圧に変動があると、キュイーンと痛む。トイレに行こうものなら、「うーん。えーい。うーん」と小さい方が出る間、声に出してうめかねばならない。

昔は、無言で耐えた。男たるもの、声を出すなんて恥ずかしいと思っていたから。

ところが、フィンランドの奥、北の北のラップランドへ行った。友人のティモと、本場のサウナに入った。

本場だ。ティモは、水を焼けた石の上にしこたまかけた。

熱風が押寄せた。わが家の林の中にも、フィンランドのサウナがあるが、その熱さどころではなかった。倍以上の熱さだ。

私は、声を出した。

「ウーン。ピロピロ、スッテンテン。やれやれ、ほいほい、ピロポーン……」

すると、その熱さに耐えられた。ははん、ヤセ我慢のコンコンチキなんかするものじゃない。声を出せ、声を。

先生らしき人が入ってきた。看護師を二人、両わきに連れていた。あ、兄貴だ。

兄は、北九州で大きな病院を持っていたが、八十で引退したはずだ。白衣を着て、私をじっと眺め、ささっと消えた。

空白の数日間

病室に何故、兄が現れたのか、考えてもみなかった。

白衣、そして病室。それは、あまりにもピッタリだった。

そう言えば、医者になってから、兄は六十年以上経っている。同じく医者だった父のことを思うにつけても、医者を開業してからは、旅行にさえ行けなかったはずだ。病院と家庭を往復するのが

人生だったろう。

兄は、北九州に持っていた病院を、八十歳を記念して売り払い、医者を引退してしまっている。私は、引退記念に、川が好きだった彼のために、アマゾン旅行をプレゼントしようと思い立っていた。

私は、アマゾンには、二十回以上行っている。アマゾンは、すごい。中流域のマナウスにしたって、向こう岸が見えないくらい広い。行く度に、新しいことが次から次へと現れて、私はまだ、本格的なアマゾン紀行を書いていない。不自由なく、言葉も喋れるようになったし、案内人としては、うってつけだろう。

食べるものもおいしくて、ベレンで食べられる、パト・ノ・ツクピ。ツクピというソースに、カモ

をそえた料理だ。つけ合わせの野菜が、ジャンブーと言い、今では栽培されもしているが、口に入れると口腔粘膜がしびれる代物である。

ああ、アマゾン。

よだれが落ちるくらいだ。行きたいな。

——おい、兄貴、待てよ。話がある。

呼ぼうとしたが、声が出なかった。

うつら、うつらする。不思議に、肉体に何の苦痛もなかった。肉体と精神が遊離し、肉体は、どこか壁にかけられ、精神の方は空中にふわふわ浮かんでいるようだった。

女房がやってきた。

「あなた。気がつきましたか」

「あ、うん」

「よかったですね」

「兄貴がきてるみたいだけど、話があるからと呼んでくれるか」

「何ですって。兄さんなんかいらっしゃっていませ

ん。病気だと通知さえしていませんから」

「そりゃ何だ」

私は幻を見ていたのだ。

兄は、熊本の市内にマンションを買って越していた。

そして、あの熊本地震。家の方は大丈夫だったが、エレベーターが故障した。マンションの二十階だったので、頑張って上り下りしている内に、腰を痛めて入院したという。

私の中から、何もかも消えていた。

ツヨシがやってきて、ヘリコプターで運ばれたことなどを知った。

何日で、どうしているのか。

まったくの空白だった。

どんな時にも、私は気を張って生きてきた。空白になるなんて、経験したことはなかった。

——これは、いいもんだな。

私は、心の底からほっとしていた。

恋しや、コンビニ

うつら、うつらと眠っていた。今、何時で、どこにいるのかも気にならなかった。目をつむって、時間の中を遊泳している。

体に管がいくつも通されていた。身動きが不自由なはずだ。しかし、慣れというのは不思議なもので、管の類がずっとそこに在った感じで、違和感はなかった。

もっとも、心の中で大笑いしたことがあった。

目がくっきりさめた折、私は傍にきたナースに訊いた。

「あのう、小水をしたいのですが」

「どうぞ」

ナースは普通の調子で言った。

「どうぞって、小水、つまりションベンですよ。トイレに、行かなくては！」

「あの、はい、オムツがあてられています。確認しましたが、まだ濡れてはいません。それに、管を通してありますから、尿は管を通して袋の中に流れています」

私は、オムツをあてがわれていた。ムツがオムツを……これでは、ダブルオムツじゃないかと思うと、おかしくなり、胸の内で大笑いした。

体に、どこも痛いところがなかった。こんなことって、あっただろうか。何年ぶり、いや、何十年ぶりだろう。

動物と暮らすようになって、彼らは容赦がなかった。

平気でぶつかってくる。手をねじり上げる。足を踏みつける。その度に、私は痛い思いをした。また、体に、そういう痛さが残っているのが普通の状態だった。

しかも、仕事。

書くという作業には、常に追われていた。動物との生活にすき間を見つけては、紙に向かった。ベッドの下。机の下にもぐりこんで。遊行中は、トランジットルームの床に紙を広げて書いた。

それも、今、なかった。

何にもない。空白。

ゆったり、ゆらり、オムツをされてゆらめいていた。

何という倖せ!!

これを幸福と言うのだろう。


間もなく、肺炎の方がおさまった。

私は、車椅子にのせられ、どこかへ移動した。左の胸に丸いふくらみがあった。直径四センチぐらいの平たいものが埋めこまれていた。これぞ、ペースメーカーだった。

「左手をあまり乱暴に使わないように」

という医師の注意だった。

私は、うつうつ。

その何日かめ、東京の事務所に泊まっている錯覚を覚えた。

腹が空くと、下へおりる。左へ曲がる。信号で左へ曲がって坂をのぼると、コンビニがあった。

そうだ、コンビニ。

入った所に、新聞がケースに入れられて並んでいた。奥へ進むと、弁当。サンドイッチなども各種並んでいた。コンビニ。恋しや、コンビニ。私は、管を外し、外へ出ていた。

夜の不可解行動記

わが病室は、ナースセンターのすぐ前にあった。細い通路をへだてているだけだ。後で分かったのだが、私のような患者は何をするか分からない、近くで、ようく監視する必要があるからだろう。

車椅子に移って動けるようになると、横に張りめぐらされている手すりの類いが、実にうまい具合に配置されているのに驚いた。バランスを崩しそうになって手をのばすと、そこには必ず体を保持する支えがあった。

倒れる十日ほど前のことだ。私は東京にいた。南青山の事務所だ。私の部屋は、七階にあるが、エレベーターをおりると狭い踊り場があり、そこから、前まで階段がある。

階段は、十一段ある。私はコンビニにでも行くつもりだったのだろう。七階から下までおりた。そして、そのまま横倒しになり、ゴロン、ゴロンと道へと転げ落ちた。

パッと目を開けた。体を調べた。どこも痛んでいる所はなかった。すり傷一つないのである。

道には、宅配便のお兄さんがいた。大きな箱みたいなものを押している。

私は、照れ笑いをした。

「やあ、今日は」

彼とは顔見知りだった。

「すごい。ずい分、派手なおり方をしますね。大丈夫ですか。どこも、お怪我は?」

「いや、この通り。タンコブ一つありませんよ。OKです」

どうして転げ落ちなければならなかったのか。後に、狭い踊り場で、足を踏み出し、シミュレーションをやってみた。何回も試みたけれど、何がどうなって転げ落ちたのか、皆目見当がつかなかった。

上京する前、変なことがあった。

朝、私が家の前にある草むらで寝ていたというのである。発見して、起こしてくれたのは女房だった。

女房が、電話で話をしていた。

「犬の散歩に出たのですよ。ルナ(犬の名)を連れて。と、草むらの中に誰かいる。平和な顔つきで、ぐうぐう寝ているんですから! 変ですよ、

おかしいです」

私に、その記憶はなかった。草むらから起こされたらしいという、手ざわりぐらいは残っていた。

私は、チューブの類いを外した。ふらり、ふらり。エレベーターで一階へ。

病院の玄関。ガードマンらしき人が声をかけてきた。ニッコリ笑い、右手を上げる。

道には、車の影はなかった。

早足で渡った。左手のコンビニ。その看板のATMだけが、くっきりと映った。

店には誰もいなかった。新聞と週刊誌を買った。タバコとライターも仕入れた。

外に出る。と、天候が急変していた。烈しい吹き降り。私は引返し、ビニールのかさを買った。九百円だった。

戻って叱られた。ふらついて、何かあったらどうするのですか、と。私は、危険人物になってしまった。

深い海の幻想

「一体、何をなさったのですか」

朝一番で病室に駈けつけた女房が、声をとがらせて言った。その後ろでツヨシがにやりと笑った。

わが家からは、車で一時間半はかかる。ツヨシが運転して、やってきたのに違いなかった。女房が重ねて、

「ビショ濡れだったと聞きましたよ」

私は部屋のすみに放り投げてあるビニールのかさを目で示し、

「買ったよ。コンビニで。九百円したんだよ。東京では、六百円だけどね」

「おとなしくしていなければ駄目じゃないですか。病院から電話がかかってきたので、ドキッとしましたよ。タバコでしょう。タバコを吸いたくなって……」

「ま、それもある。でも、雨は急だったよ。外に出た所で、ふいに強くなって」

風に背を向けて、背中を丸くし、タバコに火をつけたのは事実である。でも、ちっともうまくなかった。二十時間、飛行機の中で吸いたいのを我慢し、やっとの思いで最初の一本に火をつける。これが、まずい。うまくなるのは、三本めか四本めからである。

私は、タバコをもみ消した。そして、病院への道路を渡った。右を見、左を見る。車はまったく通っていなかった。足もとが、おぼつかなかった。ふらふらした。

ツヨシが笑った。

「病院としては、心配したのよ。うちにも電話があって、手術の翌日、病室を抜け出す患者なんて、初めてですと叱られたよ」

「すまんなあ。おとなしくするよ」

何が何だか、私にはよく分からなかった。おれ、歩けるよ。元気だよ。どうして駄目なんだよ。トイレだって、一人で行けるんだ。

「とにかく、心配かけないで」

と、女房。

「分かったよ。寝てるよ。約束する」

私は、小声で言った。

目をつむる。深呼吸。下唇を突出していたので、吐く息が鼻の穴に入ってきた。

ああ、膨大な時間。

おれの時間。何をしてもいい時間。

何だ？　どうしたい？

私は、深い海底にいた。薄暗い砂地が目の前に広がっている。水深、百メートル。禁断の深さだ。

そうだ。五十年ほど前、私は伊豆にある海洋公園を根城にし、そこの管理者である益田一さんと行を共にしていた。

益田さんは、海底の写真を撮っていた。

「どうにかなりませんかねえ。珍しい光景だと思いますがねえ」

私は、書き手として独立しかけていた。

「何とかしましょう」

とにかく、彼には、世に出て欲しかった。水深八十メートル。深い所に、イボヤギの仲間が、背の高さほどあり、林立していた。その林の間を、赤い色の魚が優雅に泳いでいた。初めて見る光景だった。

動物の森

益田一さんの写真をカバンに入れ、私は銀座に出ていた。本屋に寄った。デパートの隣にある画材屋をのぞいた。

腕時計を見る。そろそろ一時だ。

表へ出ると、Yさんにパッタリ出会った。

「や。久しぶり」

私たちは肩を並べて歩きだした。Yさんは、広告代理店の部長さんだった。私がコマーシャルの企画やディレクターをしていた頃からのつき合いだから、かれこれ十年以上のつき合いだった。

二丁目まで歩いた。地下へおりた。入口は狭いが、ドアを押すと大きな水槽があり、生きているアワビが這いまわっていた。

席についた。もちろん、アワビを注文する。

料理がくる前、私は益田さんの話をした。

「これが面白いんですよ」

わが家は、北海道、小さな丘の上の林の中に建てられている。好きな季節は、十月だ。木の葉が色づいて落ちる。すると、それまで隠れていたさまざまなものが見え始める。

それと枝。どんな小さな枝も、天空を目ざして伸びている。

「当然と言えば当然ですが、秋に木が裸になると感動しますね。ついこの前まで、葉で隠されていたんですが、下を向いて幹から出ていたとしても、こう曲がって、上を向いているんです。日光が欲しいんですね。枝という枝が皆、上を目ざしている……自然の大きな意志を感じます。ところで、地上では木が森をつくりますが、深い海の中では、動物が森をつくるのですよ」

ここで、益田さんの写真を広げる。

「どうでしょう。これ。水深八十メートルの光景ですよ。これ、ほら、立っているの、動物なんですよ」

いわゆる、ソフトコーラル、と呼ばれる仲間だった。サンゴだけれど、外骨格を分泌せず、群体をつくって暮らす動物である。

Yさんは、手ぎわよく、写真をめくり、

「ふうん。なるほど」

笑いを含んで、タバコに火をつけた。

「どうでしょう。面白いでしょう」

私は押売りをした。

「面白いと言うか、珍しいですね。なるほど、これ、陸上にあったら、誰もが植物だと言うでしょうね」

「海の中の森は、動物で出来てます」

どうして、そのように大きくなったかは、私には分からなかった。深い海の中、邪魔をするものが少ない。のびのびと枝を伸ばしていく。そのくらいしか、理由を考えつかなかった。

Yさんは、タバコをもみ消し、ハタさんとあらためて私を見て言った。

「これはSFの世界ですね。誰も見ていませんからね、珍しいですよ、確かに。うーん。でも、これは、皆の感覚にはないものなんですよ。水中の写真がもっと世に出るようになったら、きっと使いものになるでしょうが」

アワビやサザエと違うと言うのだった。

人身御供と藤平老

文章で身を立てようと、会社をやめた。さて、どうしよう。すすめられてコピーライターとして売れっ子になっていたが、半年も経たない内にエッセイの賞をいただいた。

以後、仕事に困ることはなかった。自然や動物について書く人が少なかったせいか、注文が殺到した。私は、肩書は何にしましょうと訊かれると、作家です、作家、と口をとがらせて答えた。

作家。

と呼ばれる職業に憧れ、会社をやめたのである。おれは、作家だ、作家。

そんなある日、もといた会社、学研の藤平さんに呼ばれた。ご老人で、社長室の近くに部屋を持っていた。氏は、科学関係の出版物などの相談役をしていた。

藤平老は、こう切出した。

「ハタ君。写真を持ちまわってるそうだね。どうだい、見せてくれないかね」

「はい。伊豆の海底写真ですけれど」

私は、カバンから益田さんの写真をとり出して広げた。

老は、一枚ずつ、ていねいに眺め、

「うん。よし、分かった。うちで出さないかな。出そうよ、な」

と、前に乗り出した。断られ続けていた写真集の話が、突然やってきて、しかもそれが元いた会社だとは！　まさに〝鳩に豆鉄砲〟である。

「は。いえ、は。うれし、は」

私は、しどろもどろだった。

「題名は、日本の海洋動物、豪華本にしよう。写真家は、益田。書き手はハタ君。君しかいないぞ」

「は、いえ、は」

「どうだ、今年中に書けるだろう」

「は、いいえ、あのう」

秋のはじめだった。写真集につける文章だから、十日もあれば書けないことはないと思った。でも、と思い直す。

「どうだい。やってくれるだろう。な、大丈夫だよね」

「は、いいえ、は」

私は藤平老の顔を見た。目の下にくぼみがあり、

黒い皺があった。しかし、目はやさしく、慈父の輝きがあった。

「私が書くとしたら、一年間、猶予をいただきたいと思います」

私は、きっぱり言った。

「や、どうして？」

「これは、九十メートル、百メートルの記録です。私は、その深さに行ってません」

「でも、彼らは実際にもぐってるだろう。だから写真がある」

「私は作家です。自分が行ってもいないのに、取材だけでは書けません」

「しかし、作家はね、取材して……」

「いいえ。私は書くならもぐります。それは命がけです。だけど、作家は、人身御供でもあるのです。私は、人のやらない経験を糧（かて）にしてものを書いていきたいのです！」

私は、三十四歳。若かった。

トッピを現実に

ところで畑さん、と藤平老は、私を呼ぶのに名前の下に〝さん〟をつけた。一年前までは、畑クンだったのに。

会っている場所も、会社の彼の部屋ではなかった。五反田の路地奥にある、ちょっと洒落た和食の店だった。

藤平老は言った。

「畑さんは、うちの会社で潜水チームをこしら

えたわけだ。そこで、チーフをしていたと聞いたんだけど」

「はい。記録映画の会社はたくさんありますが、水中映画を作る会社はなかったので、ぜひぜひと、石川さんや秋山さんを口説きました。三年ぐらいかかったと思います」

石川、秋山は、学研映画の主要メンバーであり、石川さんを口説いて映画を作らせ始めたのは、藤平さんだという。

石川茂樹さんは、昆虫学会に属し、日本の蝶に関する知識は、右に出るものがいないというぐらいの人物だった。後に、『蝶 LIVING IN JAPAN』というタイトルで、超豪華な本を出版した。

秋山智弘さんときたら、才人で、人の話をよく

聞き、新しいものを創り出す一種の天才だった。

日本で万博が最初に開かれた折、三和銀行を中心とする企業グループが、全天全周映画というとてつもないパビリオンをこしらえた。大きなドームの中に、前も後ろも、右にも左にも映像が映っているという企画だった。私は、その企画を発案した人間の一人である。

何をすべきか、何を創るべきか、迷いに迷い、私たちは部屋にこもっていた。二段ベッドの上に私は寝ていたが、明け方、大声をあげた。

「秋山さん、秋山さん！　ほれ、ここに、天井にも横にも映像があったらどうでしょう」

「よし、それだ!!」

全天全周映画の始まりだった。彼は、あらゆる困難を克服し、とうとうすごい映画を創り出してしまった。

とんでもないトッピな発想を基盤にして、何かを産出してしまう天才だった。


その天才二人が私の上司だった。

私は口説きに口説いた。

「空からの映像は、空中撮影があるじゃありませんか。水中の映像が、専門チームがあり、そこで産出されるようになれば、まっ先に手をつけたものの勝ちです。やりましょうよ。ね、やろう、やろう」

それで、ついに彼らを口説き落としたのであった。

「うーん、で、畑さんは、チームをこしらえたわけだ」

「はい。陸上でひとかどの仕事をこなしているものたちを訓練し、水の中に叩きこんで、映像を撮りたかったのです。これは、大変に危険なことでした。命がけです。一歩間違ったら死につながります。生きるか、死ぬか、そこで働くわけです」

私は、スキューバ潜水が持っている危険度を、藤平さんに話し始めた。

水深百メートルで死の踊り

前菜が運ばれてきた。藤平さんは、箸を器用に使い、マグロの切身を口に運んだ。

「ところで君は、うちで潜水チームを作り上げたんだね。よく出来たものだと感心するよ。トレーニングなんか、どうしたのかね」

「はい。とにかく、学研映画には、何もありませんでしたから。潜水のセの字もないのですよ。器具もなし、カメラもなし。あるのは、やりたい、やりとげたいという気持ちだけでした」

「えらいものだ」

と、藤平老はお茶を飲んだ。

「記録映画を作る会社は、百数十社ありました。しかし、専門の潜水スタッフを持つ会社は一社もありませんでした。私はまず、上司だった秋山智弘さんを口説いて、潜水映画を作る企画書に着手しました。水に潜れば、こんなに素晴らしい映像が撮れるとホラを吹いたわけです」

テレビ局などにも、潜水スタッフはいなかった。あの、ＮＨＫにもだ。

「あのですね、私が真鶴の旅館に泊まっていた頃、丁度、隣の部屋に、ＮＨＫの潜水スタッフが泊まっていて、潜りの訓練をした後、大声で、うちの誰それは杓子（しゃくし）定規で、あれは官僚だね、ものを作る仲間じゃないなどと文句たらたらでした。毎晩こう、上の方の人の悪口だらけでしたからね。その頃がスタートでした」

「おやおや、じゃあ、今度、ゆっくり聞かせて貰おうかな」

「いえ、駄目です。何しろ盗み聞きですから、これ以上は喋りません」

「ははは、ま、よかろう。ところで、潜水映画を作るのは、いったいどうして、そのように遅れたのかね」

「相手が水だからです。そもそも人は、空気の中で生きるように進化してきています。水の中で生きられるのは、魚です」

「うん、人は魚じゃないな」

「潜水のためには、普通、アクアラングと呼ばれてますね、あれは商品名ですから、ボンベに、高圧の空気を詰めて潜る、スキューバという潜水をするわけです。あのボンベに詰めてあるのは、

空気なんです。浜で会う一般の人たちは、あれを酸素ボンベ、と呼びますけどね」

主菜が運ばれてきた。私は好物のフグの唐揚げを頼んであった。

「水圧に見合う高圧の空気を吸わねばなりません。すると、窒素が多量に取入れられまして、問題が生じます」

「入ったものは追い出せばいいだけの話じゃないか」

「と思いますが、これを窒素酔いと言いますが、窒素は細胞の中に溶けこんだりして、なかなか出てこないのです」

「出ないと？」

「死にます。アクアラングを最初に開発した男たちは、水深百メートルまで行き、そこで窒素に酔い、いきなりマウスピースを外して踊りだしました。もちろん、死にました」

唐揚げの骨についた肉をしゃぶった。

いよいよ、深みへ

　窒素酔いとは、一体、どんなものなのだろうか。潜水の本なども何冊か出版されていて、深くへ行ってはいけない、窒素酔いするからと記されてはいたが、その正体が何であるのか触れられてはいなかった。

　たとえば、高山病というのがある。人がいきなり高い山などへ行くと、空気が薄いので、体調が悪くなる。放置すると、死に至ることもあるという。

　気圧が低く、酸素が少ないために起こる症状である。めまいがする。吐き気がする。トイレに行って吐こうと努力しても、苦い胃液しか出ず、かえって苦しくなる。人によっては、割れるような頭痛が襲ってくる。

　これは、経験しなければ、なかなか分からないものだ。

　パソコンなどで調べ、高山病に注意するようにと知っても、知らないよりもいいかもしれないけれど、でも、実際には役立たない。

　チベットへ行ったことがある。四川の成都から、いきなりラサまでだ。平地から、富士山の頂上まで連れて行かれるようなものだ。

　すると、どういうことが起きるか。

　タバコに火をつけようとして、びっくりした。

使い捨てのガスライター、あの百円ライターが、いくらパチパチとやっても点火しないのである。一気圧で火がつくように、ノズルが調整されているからだった。

昔ながらのマッチが有用だった。

高度五千メートルの村に寄ると、なんと火打ち石を利用していた。

これは余談になるが、高さが五千メートルを超えると、ちょっと息苦しくなる。それでもタバコが欲しくなるのだから、タバコのみとはいやしいものだ。

吸うぞ！　おれは吸うぞ、今から！

と身構える。そして、マッチをする。

高地ではないが、辺境ではタバコがうまくなかった。

砂漠の真夏。

一分間、外に立っていただけで目まいがする。十分もいると、顔面が白くなる。吹出た汗が蒸発

し、塩だけが残るからだ。百円ライターは有用だけど、味はまったくしなかった。

それから、極北の地。

マイナス四十度を超えている世界では、火をつけると、何をしてるんだ、このアホーと、笑いだしたくなる。空気中の水分が凍ってしまい、空気が乾燥しているからだ。

さて、私は藤平老の許可をいただき、潜水の本を書くことになった。

まず、東拓アクアスポーツクラブの益田一さんに報告した。

「出してくれるそうですよ。でも私が書くことが条件です。ぼく、行きます。百メートルもぐります。ですから、一年間の猶予を下さい。ここへ来ますから、益田さん、どうか連れてって下さい」

「いいよ。今日にでも、行くかい？」

益田さんは、軽くＯＫしてくれた。

魚突き大会

潜水やもぐりに関することは、まだ一般的ではなかった。日本では浜に、ようやく貸しボンベ屋が出来た頃だった。

世界に目を向けると、有名なリゾート地などで、ダイビングコンテストが開かれたりしていた。日本からも出場するものがいて、真鶴からの選手が入賞していた。鶴耀一郎という男だった。

彼は背が高く、はっきりものを言う人物だった。

私は、彼にスキューバの技術を教えて貰った。私は、彼に訊いた。

「ダイビングのコンテストって、一体どんなことをするの？」

「魚突きさ」

「へえ、素もぐりで、魚を」

「出来るだけ大物をね。カジキにでもめぐり遇えば、優勝だね」

近々、日本でも開かれる予定だという。鶴さんは、湘南の沖にある沖の瀬でやったらどうだと提案したという。

その頃、益田一さんに会ったら、

「えーとな、マイヨールという外人がきてね、ボンベなしで、百メートルもぐると言うんだよ。ためしに、ぼくがボンベをつけて、うちの前でもぐってみた。すると彼が、何もつけずにもぐってきた。三十メートルくらいはあったかな、すいーとこともなく追ってくるのよ。そしてのんびり泳いでやがって、あれは本ものだね、本ものの中の本もの」

と、目を丸くしていた。後に彼は、世界的に有名なダイバーになったが、日本のあるテレビ会社が話を聞きつけ、百メートルもぐるところを番組にしようということになった。その、水中部分を担当したのが益田さんだった。

「昨日、会議があったのだけど、ボンベも何もつけないでもぐって、水圧で肺がつぶれたらどうするんだと言いだす学者がいてね、ハタさん、どう思う?」

「くだらないです。イルカなどは、数百メートルもぐる種類もいます。哺乳動物の肺は丈夫なものです。四周からぐっとしまってくる力には強いものです。すぐに、そういう否定的な意見を述べ

る輩がいるもんですね、気にしなくて、いいんじゃない」

あの天才、秋山智弘さんが、海洋博の企画会議で、大水槽の計画を言い出した時、

「こわれたら大変だ。地震があって、水槽が割れ、中の水があふれ出したらどうするの」

と、反対したものがいたという。

「そんな意見無視したら。こわれないようなしっかりした水槽をつくればいいのだから」

と、私は笑いとばした。

海洋博での成功は、今では、次から次へと伝染し、水族館には、巨大な水槽が置かれる時代になっている。

私は、益田さんに言った。

「藤平さんからＯＫ貰いました。どうか、私を、深さ百メートルの海底に連れて行って下さい」

「ようし。分かった」

益田さんは、気軽に引受けてくれた。

動物学徒、海に潜る

伊豆海洋公園の海底には、映画の撮影で何度もお邪魔したので、なじみがあった。

海底も陸地と同じように、山があり丘がある。岩だらけの平地もあれば、砂地もあった。陸地と違う点は、植物よりも動物が圧倒的に多いことだった。

ウチワに穴を開けたような形をした生きものが、岩にへばりついていたりした。

私は動物学専攻だったから、初めて見るというものはほとんどなかった。動物学専攻の学生は、夏と冬、三崎油壺の実験所で合宿をする。その間、先輩たちや専門の採集人が、海に出ていろいろな動物を採集してきてくれた。私は、海辺で育っていないので、出っくわすものが珍しくて夢中になった。

カミクラゲという細い触手を持つクラゲがいる。長くて細い触手だ。それを、ふわり、ふわりと動かして泳ぐさまは、何時間見ていても見飽きなかった。

繁殖期には、メスの体の中が緑色になる。卵巣である。オスとメスが一緒になると、体をふるわせ、卵を放出し、精子を出す。海の中に、緑色の雲と白い雲が出来るのだ。私は感動し、あーあ、動物学を学んでよかったなと、心の底から思ったものだ。

伊豆。東拓の海底。

潜水して、百メートルほど沖へ向かうと、どーんと下へ落ちこんだようになっていた。つまり、海の中の崖だった。崖の端まで行って、下をのぞくと、くろぐろとしていて、何があるのか見当もつかなかった。

崖の南に、深い切れこみがあった。水深五十五メートルほどの所だ。そのふちで待っていると、満潮時などには、沖から押寄せる水が吹上がってきた。同時に、その潮にのって、いろいろな魚がやってきた。週刊誌大の、ツバメウオが、ぽかりと浮いてきたりした。

伊豆は、黒潮の影響下にあり、チョウチョウウオなどの種類も多く、次から次へと吹上げられてきた。

体長三十センチほどの、ウメイロモドキという

魚の群れは見事だった。背から尾びれにかけて鮮やかな黄色のこの魚は、何百と群れ、下から現れた。

私たちは、あまりの美しさにわれを忘れ、カメラを魚に向けた。

「潜水病のおそれがある。四十メートル以上行くのはよそうね」

とは、何度も話し合ったことだった。

しかし、美しさに負けた。体が自然とそちらの方へ進んでいた。

私たちは、ウエットスーツを着ていた。発泡性のゴムで出来ていた。そのスーツから、水圧で、気泡が抜けてしまうのである。だから、三十メートルから四十メートル、四十メートルから五十メートルと進むのに、何の努力も要らなかった。自然に体が沈んで行くのである。

ハナダイという珍しい魚が、吹上げられてきたのも、この割れ目だった。

退職と楽園

こんなものかと思った。これでも一応、まじめに七年間勤めたのだ。それなのに引きとめられもせず、すぐにやめてもいいのだと宣言されたのである。私は一瞬、ポカーンとして、拍子抜けした気持ちがあり、何が何だか分からなくなっていた。

その日、私はいつものように出勤した。すると、部長会議を終えて席に戻った部長が、ハタ君、ちょっとと私を手招きし、別室へ連れて行かれた。

席につくなり、部長が言った。

「君の就業態度が、部長会で問題になってね。君、最近、本を出したそうだね」

「はい。出しました。『われら動物みな兄弟』という題名で、協同企画という出版社から出して貰いました」

「うちも、出版社なんだよ」

「はあ……？」

「君、会社をやめてもいいんだよ」

「え、はい」

やめてもいいとは、一体どういうことなのだろう。すぐなのか。今年いっぱいで、なのだろうか。私は、ちょっとだけうろたえ、待って下さい、女房に相談しなければと言った。

部長は、どうぞと、電話器を指さした。

私は、ダイアルをまわした。

「えーと、おれだけど、部長に今、会社をやめたらと言われたのだけど」

すると、一瞬、女房はたじろいだ風だったが、すぐさま、いつもの明るさで答えた。

「そうですか。だったら、おやめになったらどうでしょう」

「いいのかな」

「私はかまいません」

「じゃあ、今日、やめて帰る」

それで決まりだった。

会社にみれんがないわけではなかった。現在、超過勤務がどうのこうのと話題になっているが、私は勤めて以来、私生活なんて考えたことはなかった。生きものを扱う仕事だから、生きものが勤務時間を決定するのだと思っていた。ある卵の発生の撮影を頼まれれば、それが幼虫になって動き出すまで、見続けねばならない。二十四時間勤務が一と月続こうと、二た月続こうと、私はカメラの前に座りっ放しだった。

就業規則なんて、クソ喰らえである。

私は、机まわりの荷物をまとめて家に帰った。途中、何度も、こんなものかと拍子抜けした気がして、足をとめた。

帰ると、女房が赤飯をたいていた。タイの尾頭つきがついている。

「お目出度うございます。七年間も、よーく勤めて下さいました」

三日後に、会社から連絡が入った。退職金が出ているから、取りにこいという。

それを内ポケットに入れ、こんなものかと会社を後にした。家に帰って、要るかいと女房に訊いたら、どうぞ、と言った。好きにしろと言うのである。私は、その金でかねてから気になっていた、八丈島の潜水旅行へ出かけた。それが海の楽園を発見するきっかけになったのである。

さあ八丈小島へ

海は凪いでいた。沖に、一つとして白波が見当たらなかった。

私は、ボンベを背からおろした。そのボンベにたてかけるようにして、足ひれを置いた。潮が速い所をもぐるので、腰に巻くウエイトを重めにしていた。ベルトをきつめにしめているので、気分がしゃっきりして、舌なめずりをしたくなった。

桟橋の突端に、若者が一人、ぽつんと立っていた。作業ズボンをはき、ジャンパーを肩に引っかけている。

彼が言った。

「潜水ですか。お一人で?」

「ええ」

私は笑顔を向けた。

「あそこへ行きたいのですが、約束した船がこなくて」

彼は西の方を指さした。その指先には、八丈小島があった。

「あれま、小島行きですか。行っても、誰もいないはずですよ。島の人たちは、みーんな本島の方へ引揚げたそうで」

「知ってます。そのことを書こうと思っているんです」

その青年こそが、佐木隆三さんだった。私は、青年がサキと名乗ったことがおかしかった。奇妙な味の小説を書く人物として、ロアルド・ダール

とサキは、雑誌で名前を見かけるようになってい
たからだ。
青年は、廃村になった状態を取材に行くのだと
言った。
「だったら、私の船でどうですか。私は、今日
は、小島の周辺をもぐろうと思っていますから」
「それは有難い」
と、青年は、船にのってきた。
奇遇は重なるもので、それから一と月と経たぬ
内に、東京で青年とぱったり会った。
「あ、あの時の!」
「やあ、やあ」
青年は、カバンの中から、真新しい本を一冊取
出し、私に手渡してくれた。それが、彼の処女作
だった。
桟橋からは近く見えるが、船で行くと、小島は
かなりの距離だった。小島の北側には、奇岩がに
ょきにょきと海から突出ていた。

「どう、あのあたり」
私は船頭に訊いた。
「面白いかも。でもよ、危ないから、誰も近づ
かねえ。あそこから釣りをしたもの、いねえな」
船頭は、首を左右に振った。
映画時代からなじみの船頭だった。私たちは、
タマさんと呼んでいた。背が低く、肩幅はがっち
りしていて、筋肉が盛上がっていた。
タマさんというのは、玉置という名前に由来す
るが、そう呼ぶ度に私は、男性の袋を連想してお
かしかった。
青年を小島の西の端でおろした。さあ、行くぞ。
もぐるぞ。私は緊張し、海をみつめた。
そこには、速い潮流によって、小さな渦が出来
ていた。

大盛りのイセエビ

八丈小島の南東、島から約百メートルの距離に、その岩は水面に顔を出していた。満潮時、大きなうねりでもくれれば、波の下に隠れてしまうくらいの大きさである。

船頭のタマさんが、船をとめて言った。

「さあ、着いたよ。いいかい、無理をすんなよ。くれぐれも気をつけてな」

岩のまわりには、さざ波がたっていた。潮の流れがきついことを示していた。

「ああ、気をつける。この岩が目じるし。潜水時間は、三十分ぐらい。もし流されたら、笛を吹くから」

「ま、気をつけて」

タマさんは、顔をくしゃくしゃにして、タバコをくわえた。

とびこんだ。

体をぐいと引張られる力を感じた。私は、力をこめて泳いだ。泳いで、しっかり岩にとりついた。

まさかの場合にそなえて、シュノーケルを顔の左に持っていた。それが、パタパタと音をたてて揺れた。

魚がいる。岩にへばりつくようにして、縦に群れている。

「あれれ、ネンブツかな」

と、思った。でも、種類を確認する余裕はなかった。ネンブツダイらしき魚が、いきいきと泳いでらあと、岩にはりつき、手繰るようにして下へと急いだ。

十メートル。そして二十メートル。

急峻（きゅうしゅん）な崖のようになっていた岩が、いきなり平らになっていた。

と、その平らな部分に、長い触角をふりまわすイセエビがいた。

「おい、おい」

私は手を伸ばした。いつもの友だち感覚だった。おい、おい、仲よくしようよ。

するとイセエビは、尾を曲げ、勢（いきおい）よく後退した。

「なあんだ、怖いか」

私はマスクの中で苦笑した。お前たちを獲りにきたのじゃないよ、と言いたかった。

イセエビを獲るには、それなりの道具がいる。

穴にもぐったものを、ハサミや触角をつかんで引張り出そうとしても、彼らは脚の先にある爪を岩にかけ、頑強に抵抗する。そして、もし力まかせに引張ろうものなら、ハサミやヒゲがぷつりと切れてしまうのだ。自切と呼ばれる彼ら独特の身を守る術（すべ）なのだ。

エビは後退した。その先に岩の割れ目があった。

「え！　何だこれは！」

私は仰天した。本当なのか、これは！

イセエビが、割れ目にぎっしり詰まっていた。五尾、六尾……。いや、もっとだ。イセエビのかたまりだ。みんなこちらを向き、ヒゲをゆらゆらさせていた。

イセエビが群れる？

そんな話は聞いたことがなかった。と、そこへ、口が白い、イシダイが現われたのだ。

クチジロ。八丈にはいないと言われている魚だった。

楽園の中で

魚が次から次に現われた。アジの群れが、勢いよく上昇していった。ツバメウオが、ゆっさゆっさという感じでひれを動かしていた。目を少し上方に転ずると、大きなイソギンチャクが、べったり貼りついていた。触手が潮にあおられ、もげそうだ。宿を借りているクマノミがほうり出され、慌てて泳ぎ寄っていく。イセエビが寿司詰めになっている割れ目の天井で、トコブシが這っていた。

トコブシが多い島だった。獲るつもりだったら、一時間で百個は拾えるだろう。

トコブシは、小さいけれどアワビの仲間である。人によっては、アワビよりおいしいと言う。でも、私は絶対に手を触れないようにしていた。特に、潜水がうまくなってからは、海の幸に手を出すことを自分に禁じていた。

八丈にも、〝もぐり〟で生計をたてている漁師はいる。でも彼らがもぐるのは、せいぜい深さ二十メートルぐらいで、それより深くなると、トコブシがわんさといた。

帰る際、タマさんの奥さんが、

「これ、土産に持ってけ」

と、トコブシのみそ漬けを渡してくれる。それを焼いて食べると、何とも言えないおいしさである。

ツノダシが一列になって崖をのぼっている。口先がとがっているのはフエヤッコダイだ。

私は、時が経つのを忘れていた。

潮は速い。軟体動物の細く小さな触手が、流れに押され、千切れそうになびいている。

ふっと、目の前が暗くなった。

何だ、何だ。

顔を上げると、でっかいカンパチが、私をのぞきこんでいた。

目だ、目……。

魚の分類には、あまりくわしくない私は、近づいてきた魚を見た。目。その上部。黒いもようがあった。だったら、カンパチだ。

それにしても大きいカンパチである。一メートルは、ゆうに超えていた。目が大きい。ピンポンだま、いやいや、テニスボールほどあった。その

大きな目で、私をじっとにらんでいた。

楽園。魚の楽園だ。

気がつくと、クチジロイシダイは消えていた。カンパチが去り、ヒラマサが後に続いて上昇した。

「うーん、サメはいないな」

と、私は頷いた。サメがいたら、魚はこのように美しく泳がないはずだ。

魚は、サメが見えるのだろうか。

いや、水の透明度のことを考えると、水の震動か何かで感知した方が早いし、確実に分かるはずである。視覚を使うというのは不利である。

しかし、ここにいる魚たち、小さいもの、大きいもの。皆ゆうゆうと泳いでいる。大きい魚の餌になるものもいるはずである。

そうだ。今はやりの大水槽。あの中で、魚が魚を食べるところはなかなか見ることが出来ない。何故だろう。そんな疑問を持ちながら、私は海の底にいた。

益田さんが仲間に

這って岩棚の端まで行き、下をのぞいた。黒ずんだ青が重なっていた。深さがどのくらいあるのか、透明度の関係でよくは見えなかった。黒い青の中から、魚がぶわっと浮いてくる。

私は、両手でしっかり岩をつかんだ。前など見ない。手さぐりで、ひとつかみずつ降りて行く。

流れがきつく、下半身が、底から離れ、水中に浮いてしまった。

なあに、負けるかと思う。つかんだ指に力をこめる。右。左。左を放したら、右。そして、左。と、急に潮流がゆるんだ。体がもとの位置に戻っている。

私は〝瀬〟の底に着いていた。腕に着けている水深計を見た。

四十二メートル。

暗くはあったが、目は十分にその明るさに慣れていた。

魚がいた。しかし、浅い所にいる、いわゆる熱帯魚の仲間はいなかった。

大型の魚が、ゆうゆうと泳ぎまわっている。と、ブダイの仲間が動きをとめた。

体の後端から、白い粉が無数に出てきて、パラパラと水中にまかれた。私は、何故か、高い舞台の上から餅をまく有名人の〝餅まき〟に似てるなとおかしくなった。

ブダイやイシダイの仲間は、歯が鋭くて、サンゴ礁などをかじりとる。その間に含まれる貝や無脊椎(せきつい)動物を消化し、サンゴの白い骨格だけを糞(ふん)にして外へ出す。

それらは、やがて岸へと打上げられ、白い砂浜のもとになるのだ。

ガラパゴス島では、面白い浜にぶつかった。

黒い溶岩の台地を抜け、海へと出ると、白い浜があった。下りて、手ですくってみた。すると、タバコをいくつもに砕いた感じの破片が含まれていた。しかも、その破片には、横しまが刻まれていた。

〝これは、魚の糞じゃないぞ〟

私は、笑いだしてしまった。魚の糞ではなく、それらはパイプウニのとげだった。

おう！　おや、おや。

目の前を、クチジロイシダイがゆうゆうと泳いでいった。二尾、三尾、四尾。おい、一体、何尾いるんだい。

大き目の魚が先頭にいた。続いて、小さいのが、遅れまいと後ろについている。

「おうい、お前たちなら知ってるだろう。どうだい、ここにマダイはいないのかい」

マスクの中で、魚に話しかけた。

すると、でっかいヒラアジの仲間が、イシダイの向こうにぬっと姿を現わした。これも大きくなると、磯釣り師たちに、〝海の狼〟と畏怖をこめて呼ばれる魚だ。

私は時計を見た。潜ってから三十分以上経っていた。タマさんを心配させないように、岩をつかんで浮上した。

その夜、私は益田一さんに電話をした。すると彼は、行くよ、行く、と即答した。そして、翌日、駆けつけたのには驚いた。

ユーレイ海底

「来たよ。来た、来た」

と、電話の翌日、益田さんが島へやってきた。使いこんだ潜水用具をどっさり持ってきている。タマさんに紹介する。

「よくいらっしゃいました。ところで、マスさん、八丈は初めてですか」

「大島までは経験がありますが、八丈は初めてです。楽しみで、楽しみで」

「このハタさんという人」

と、タマさんは私を指さし、

「しつこい人でねえ。とうとう小島の瀬にももぐってんのよ。瀬がきついでよ、気をつけな。体を持ってかれるからな」

「あれ、あれ。このマスダさんは、僕の大先輩でね、僕はもぐりを彼に教わったみたいなものです」

「そうか。でも気をつけて」

「去年はすごかったな。ほれ、タマさん、ユーレイ海底」

「冷水塊が入ってきてな」

「あれ、初めて見たよ。十メートルとちょっと、まっすぐもぐっていくと、銀色の海底があんのよ。どこまでも、どこまでも。こう、ずっと広く」

「おれら漁師だって、ここにずっといて、それは見てねえ」

「なめらかで、無限に広く、ゆったり、ゆったり動いてんだもの。そして、こう、すかして見ると、かげろうのようなゆらゆらが、銀色の膜から立昇(たちのぼ)っている……」

「おめえ、上がってきて、泣いてたよ」

自然が時折見せる不思議な光景だった。

後に、科学映画をつくる仲間のタテベ君が、河口湖で撮ってきた映像にもしびれた。何かの理由で、冷水塊と温水塊がくっきりわかれていた。もちろん、冷水塊は下にあり、境界は銀色に輝いていた。

その銀の膜から、水草が突出て、ゆらゆらゆれていた。ユーレイ湖底で、一本ずつ切られているみたいで、何とも神秘的だった。やはり、かげろうも立昇っていた。

私は、益田さんに向かって、

「クチジロがいるんですよ」


「そうだってね。クチグロは？」

「見かけませんでした。本島の南にもぐると、イシガキダイはたくさん見かけるのですが」

「タイの一尾づけ、三十センチぐらいの魚だね」

「どこでしたっけ、東大の臨海実験所がある三崎あたりでは、ササラダイと呼んでますけれど、おいしい魚ですね」

「ところで、イシダイは？」

「見かけませんね。黄色みを帯びた白地に、くっきりした横じまがある——あの幼魚も見当りませんね」

「あれは大きくなって、つまり成魚になると、しまが消えるんだね」

「そして口が黒くなります。明日、見つかると、いいですね」

私は、益田さんと二人っきりで、もぐるのは初めてだった。よく来てくれたと、舌なめずりする気分だった。

益田さんと潜水行

撮影道具を膝の前に置き、益田さんは舳先（へさき）に座り、海を見詰めていた。よく日焼けした顔に、縁なしのメガネをかけていた。面長の好男子で、目の下から唇にかけ、深いたて皺があった。

かつて六本木で、音楽関係の仕事をしていたというが、とてもそうは見えなかった。どこかの研究室で、学問をしていた人物に見える。

益田教授、そうだ、うんと私は胸の内で頷いた。

どこからどう見ても、益田さんは教授面をしていた。

ダイビングが、誰もが楽しめるスポーツとして、脚光を浴びようとしていた。いろんな人が、小さな本を出版していた。

その中で、悪役として扱われていたのが、サメとウツボだった。

ウツボに噛まれた。ウツボに襲われたという話が、たいていの本にのっていた。海女がアワビを採っていて、指を持って行かれたというものもあった。

読む度に私は、

「いいかげんにしろ！」

と、そのページを伏せてしまった。

なるほど、ウツボは不気味である。口が大きいし、歯がずらりと並んでいる。胴がヘビに似て長いのも、悪いイメージにつながっているに違いなかった。

私は、こういう俗説にはがまんが出来なかった。ウツボは、気のいい海の仲間である。タコを発見し、食べる時などは、ちょっとした格闘劇である。それは、どうもうに見える時もある。

しかし、普段は、岩穴など自分の住家でのんびりしていて、ウツボのまわりには、細長いエビが遊んでいる。エビは、ウツボについている寄生虫を食べているのである。

船は、現場についた。

タマさんが、エンジンをニュートラルにした。

益田さんと目が合った。

「……」(行こうか)

「……」(行きましょう)

目で語り合うのである。潜水中の信号とか、注意することとか、事前に語り合う必要はなかった。

とびこんだ。一も二もなかった。ひたすら下へ、下へ。

烈しい流れにさからって、つかまるものがある所までもぐるしかなかった。

この経験は後に、ガラパゴスで役に立った。ガラパゴス諸島の北の端に、ダーウィン島と呼ばれる島がある。この島の近辺が、潮の流れがきつかった。

でも私は、もぐりたかった。何故なら、この島のまわりには、シュモクザメが多いからだった。

海水浴シーズンになると、この海域にサメが現われたというニュースが流れる。それがたいてい、このシュモクザメである。

シュモクザメは、おとなしいサメであり、めったに人を襲ったりしない。

でも、そのシュモクザメが、ダーウィン島のまわりには、何百という数で群れ泳ぐというのである。

シュモクの巣窟へ

四周は海だった。波が舷側をリズミカルに叩いている。海鳥が波の間をすべるように飛んで、私たちの船に翼を休めた。

船の名は、アンダンテ号。潜水用の道具、コンプレッサーなどを備えていた。

その船での番組の取材は、ほとんど終えていた。番組は、海の記念日に放映されるものであり、有名なウミイグアナやアシカやゾウガメを撮りまくった。

――そろそろ終わりかな。

そう思って、私は肩の力を抜きかけていた。そこへ、神野プロデューサーが切出したのだ。

「ムッさん。ちょっと遠いですけど、ダーウィン島へ行きませんか」

「え!!」

私は、目を白黒させた。ガラパゴス諸島の中では、一番北に位置する無人島である。

行きたい。潜りたい。

熱望していたが、今回の予算では無理だろうと思っていた。それを……テレビの方から行こうと誘ってくれたのである。

「行くとも!! 行く、行く」

身を乗りだした。多分、目がきらきら輝き始めたのが自分でも分かった。

神野さんは、くすくす笑い、

「分かってますって。ムツさんが本当に行きたい所ぐらい」

それからしばらく間をおいて、

「行きましょう。行きます」

と、決然と言った。

有難いことである。潜水用の船で行けば、遠く離れた絶海の孤島、ダーウィン島までは少くとも三泊はしなければならぬ。

サメ。英名、ハンマーヘッド・シャーク。和名、シュモクザメ。

そのサメがたくさんいるのである。その頭が変わっている。頭の先端に、棒のようなものが横向きについていて、棒の先に目玉がついている。その昔、鐘や半鐘を打ちならす際の道具を、撞木（しゅもく）といった。その形から名がついたのである。

私などは、目の間が広く離れている方が、相手

との距離を見究めやすいからだと速断した。ところが、そうではないらしい。わが友ジェルミ・エンゼルは、どうやら磁気を感じる装置らしいよ、とのことだった。

彼らは、イカをねらって食べるのである。

船長のラウルはこう言った。

「彼らは、昼間、島のまわりにいて、夜になると出奔するんだよ。そろそろだと思うけどね。もうすぐ会えるはずだ」

ラウルは、ニヤリと笑い、双眼鏡を私に手渡した。

いた。いた、のである。

三角形の背びれが、波を切って進んでいた。

一尾、二尾、三尾。

いや、もっとだ。これから夜の海に出かけて、イカを食べるのだ。そのヒレの形は、予想したよりずっとスマートで、茶色がかっていた。

私はシュモクの巣窟へ近づきつつあった。

絶海の孤島へ

船は、南太平洋を北へ北へと走っていた。

新たに乗船してきたエクアドルの水中カメラマン、ジミーが、

「ムツさん、ムツさん」

と、私の名を続けて呼んだ。それは、タバコを一本所望という合図だった。

私は自分のタバコの箱から一本取出して彼にあげた。ジミーは、太い指でタバコをはさむと、器

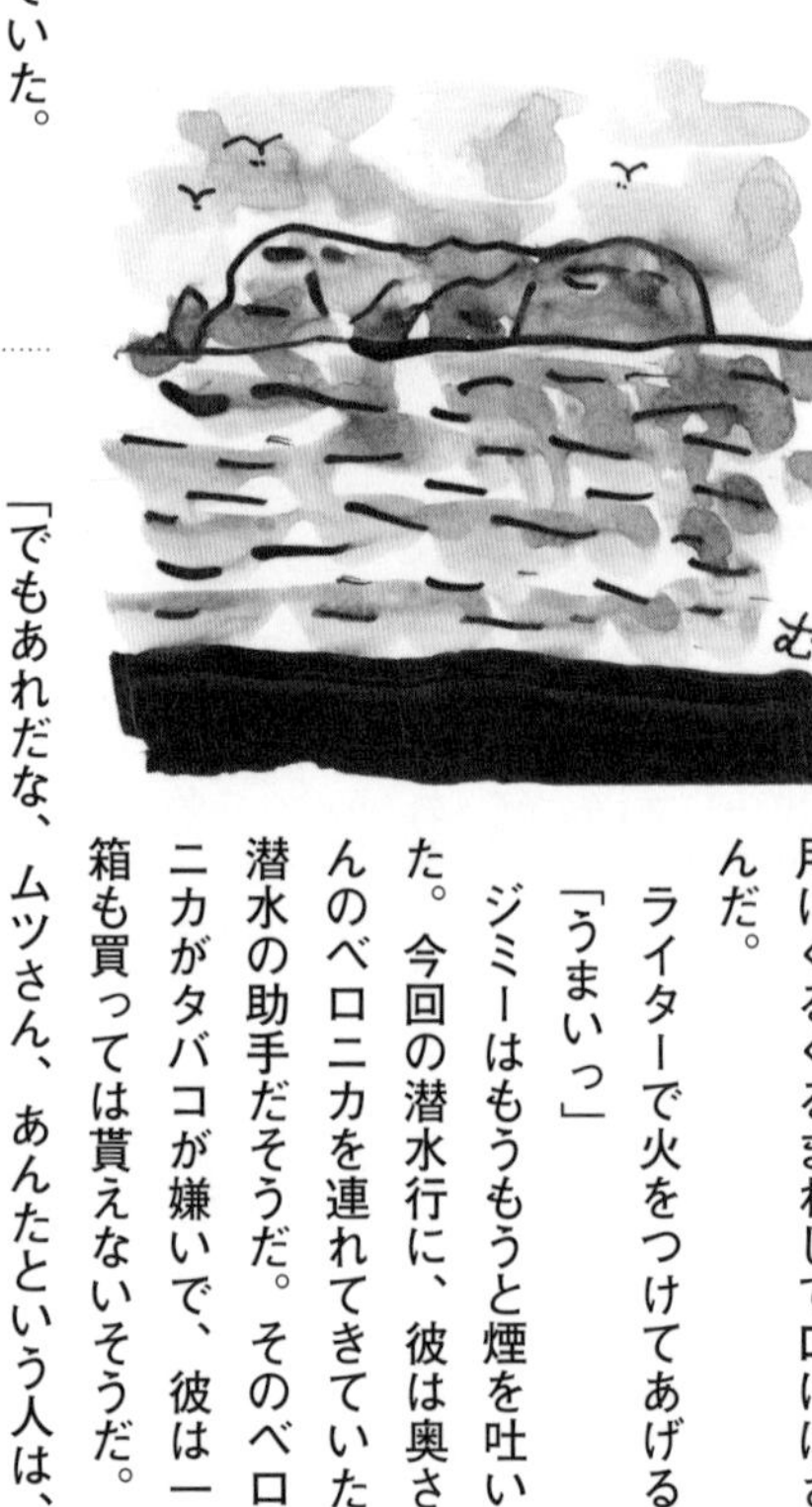

用にくるくるまわして口にはさんだ。

ライターで火をつけてあげる。

「うまいっ」

ジミーはもうもうと煙を吐いた。今回の潜水行に、彼は奥さんのベロニカを連れてきていた。潜水の助手だそうだ。そのベロニカがタバコが嫌いで、彼は一箱も買っては貰えないそうだ。

「でもあれだな、ムツさん、あんたという人は、よほどの変人だな。ガラパゴスにくる者は、年に数百万人いるけれども、ダーウィンまで行く人は、一人か二人、ごく僅かしかいないよ。しかも、あそこに潜ろうなんていう人物は、おれ、会ったことないぜ」

「海流がきついんだってね」

「フンボルト海流がとうとう流れていてね、

それから北から流れてくるものとがぶつかって、ごっちゃまぜ」

「へえ、潜り難そうだね」

「おれ、一回経験したけど、体がくるんくるんよ。上と下が分かんなくなって、ぶったまげたさ。でもよ、あんな所で、魚てえ奴は器用に泳ぐなあ」

「おれ、若い頃、激しい潮の所では潜ったことがあるんだ。大丈夫。やってみる」

「悪いけどな、ベロニカは貸せないよ。ベロは、ディンギーで見張り役をする」

「OK」

島が見えてきた。細長いパンをたてに切り、海に沈めた感じだった。

絶海の孤島。ダーウィン。

胸がおどった。口の中が乾いた。

それ行け。もっと近くへ。

潮が岸を洗っていた。島は、崖が切立っていた。

見上げると、崖の上に、ビーズみたいな赤いふち飾りがあった。

アメリカグンカンドリだった。喉に赤い袋を持っていて、繁殖期には、それを最大限にふくらます。メスは、その前をゆうゆうと歩き、気に入った袋を持つオスと結ばれるのだ。

何がいる。この下に。

私は、海を見詰めた。

ジミーは、どうするのかなと、横目で見た。私は、この海流の速い部分には、彼はこないのじゃないかなと思っていた。

ところが、潜水の支度をしていた。

ベロニカが運転する小船に乗り移った。

速い。確かに速い。海が泡立っていた。

「もっと、マイス、マイス」

私はベロニカに合図をした。

島の北端に、岩場があり、そこはいくらか潜りよさそうだ。とにかく、何でも構わない。私は、とびこんで、島にとりついた。

シュモクザメと泳いだ

一も二もなかった。技術や経験が役に立つことなど、あってもごく僅かだ。必要なのは蛮勇。当たって砕けろのくそ度胸。

海へとジャンプイン。そのまま頭を下げて島へと突き進む。少しでも深くへ行った方が体が安定する。

崖の出っ張りをつかんだ。最近、ボルダリングという競技がテレビで取上げられることが多いが、

あれとは丁度逆である。ボルダリングはよじ登るけれども、急流にさらされる崖の潜水は、よじ下らねばならない。

黒いサンゴが目の前にあった。生きている黒サンゴ。ここの特産品だ。ポリプが白く、潮の流れに揺れていた。

よし。よし。よし！　エイ、エイ。

一つかみずつ下へ行く。

と、体が急に楽になった。目を上げる。とそこには、大きな岩のかたまりが、上から流れ落ちたようになっていた。多分、熔岩が流れこんだ所だろうなと判断した。

これ幸い、そのふくらみの蔭に逃げこんだ。岩のふくらみが、潮の流れをさえぎってくれていた。

やっと、私はひと息ついた。

眺め渡した。下方に、白い部分がある。

何だ、あれは。

私は、崖をよじ下った。

それは、三坪ほどの砂地だった。何だい、何だい、こんな所に砂地かい。

マカ不思議だった。黒い熔岩のかけらがあるのだったら分かりやすい。白い砂とは！

その白い砂の先の方に、鈍い金属の光を放つふくらみがあった。近づくと、なんと、それは動いた。かぶさっていた砂が割れた。すると中から、金色の目玉が出てきた。

エイだった。ゴールデンカウレイ。

一度は会いたいと思っていた動物だった。私は左手の中指を岩のくぼみに入れて、ぶら下がる感じでエイに近づいた。

と。ゴールデンは、ひとあおり。

砂けむりを上げて、海中に泳ぎ出していた。エイは、自分の動きで砂を体から取除いていた。背側は、黄銅色。腹側は、なんと、純粋な金色だった。

エイは、はばたいた。ゆっくり、なめらかに。どこにも、無理に力を加えたところはなかった。

横から珍妙なもようをした魚が現われた。銀の地に黒。その黒も、絵具を筆に含ませ投げつけた感じ。適当なのである。赤と白。まだら。ハーレクイーンだ。

遠くにいる魚を見ていたら、ふうっと暗く感じた。野原にいて、陽が雲に隠れた感じだった。なんと、巨大なハンマーヘッドが頭上にいたのだ。手を伸ばせば届く感じの所。

なんという存在感。口は大きく、への字。薄く開けていて、中に赤いものが見えた。

そしてだ。祭りが始まった。シュモクザメが、何尾も、何尾もやってきた。百尾は軽く超えていた。もう、我慢がならなかった。私は岩を放した。足ひれを使って泳いだ。そして、サメの中を泳いでいた。至福の時。陶酔の時。

奇相のサメの巨群の中で

真上にも。真下にも。いた。いる、いる。シュモクザメが。左にも。右にも。前方にも。そして後方にも。私は、その中にいた。体をまっすぐ伸ばしている。足ひれを、ゆったり揺すっている。潮流は、速い。何だろう。掌大の黒いものが、私を追い越していく。

遠い所にいるサメは、棒みたいに見えた。それも整然と並んでいるのではなく、誰かが海の中へ放りこんだ棒っ切れのように、斜めになったり水平になったりして、ゆっくり動いていた。

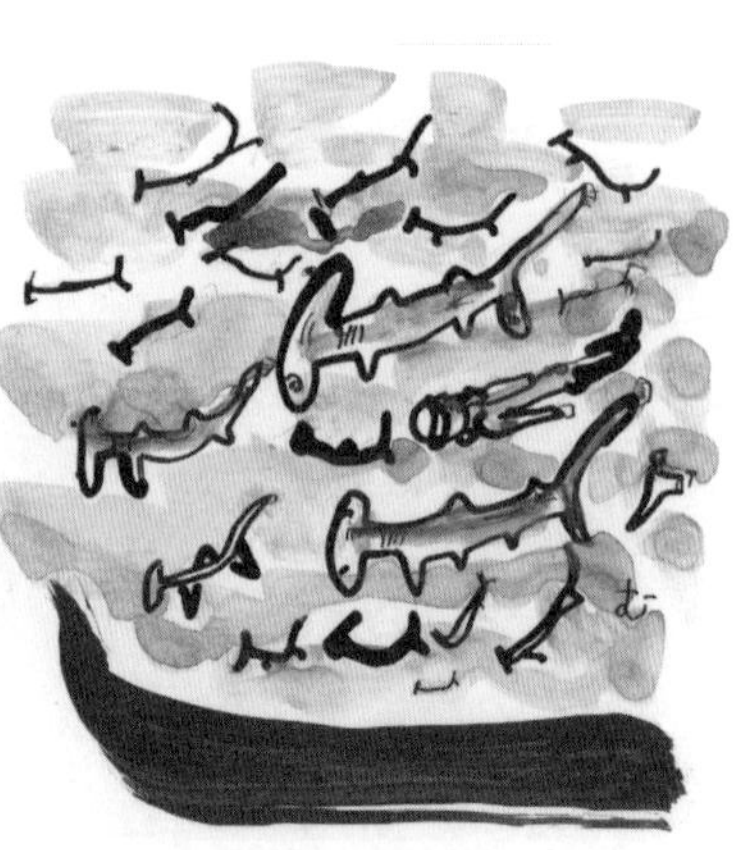

一体、何尾いるのだろう。ここで三十、あそこで四十。百？いや、三百。いやいや、千尾に近いのではないだろうか。

オクスフォード大で動物学を学んだジェルミ・エンゼル君が教えてくれた。

「群れる場所が、世界中で三カ所知られています。一つが、このダーウィン島で、よく知られているのがカリフォルニア湾の中の海嶺で、ここは、アメリカの研究者たちに調べられています。彼らは、シュモクザメは臆病だから、ボンベを使うと、吐気音で逃げてしまいます。だから、シュノーケルで、素潜りをして研究するそうですよ」

今、私はボンベを背負っている。でも、シュモクザメは、私を怖がる素振りを見せていない。それどころか、長老なのだろうか、ひときわ大きな個体が触れんばかりに近づき、あのけったいな目でこちらをのぞきこんだ。

体の正面に、真横に伸びている物体。その先端にある黒いもの、目だろうな、目だよなと私は頷いた。

口は前方についていた。たまに開けている個体がいると、中から白い歯がのぞいた。

尾は、二つの部分にわかれている。上部が長く、上にぴいんと伸びている。その先端に普通の魚のひれ構造みたいなものがあり、旗をかかげて泳いでいる感じがした。

大きなものは、胴が黄ばんでいた。

私は大学院で、富山教授の、魚類分類学を受講している。その一時間目がサメであり、先生がこの類は、heterocercalだと板書されたのを記憶している。

えーと、メジロザメ、ドタブカ……いろいろいたなあ。うん、ワニと後ろにつくものがいたっけ。ミズワニ。シロワニ。

私は、泳いだ。何をしようとしているのか、そんなことは眼中になかった。これだけのサメがいるなんて、この世の奇跡だ。そして、その中で自分が泳いでいるなんて。

海が、どっと体の中に入ってきた感じがした。挑むものではなく、海と自分が一体になった感じがした。

泳いだ。泳いで、浮上した。

すると、そこにベロニカのディンキーが浮いていて、私を拾い上げてくれた。後で聞いた話だが、彼女は下に潜っている人が吐く気泡で、ダイバーがどこにいるか分かるのだそうだ。ジミーが浮上してきて、揃（そろ）ったよと言った。私は、海の中で、彼をまったく意識していなかった。

海の中の美容サロン

ダーウィン島からの帰路、海は茜色になった。波が紅系のさまざまな色合いに輝いている。その中を飛ぶ鳥たちが、黒い石つぶてみたいだ。

私は、キャビンでくつろいでいた。毛布を体に巻きつけ、寒いなと呟く。潜水に夢中になっていたので、体の芯から冷えているのだ。寒い、寒い。足元の毛布を拾い、首のあたりで二重にした。

おれ、今、どこにいるのか。

毛布が与えてくれる暖かさの中で、私は自分に問いかける。呼吸だ、呼吸。まるで海の中にいて、管から空気を吸うように、ふう、ふうっと、静かに空気を味わっている。

そうだ、シュモクザメ。

夢うつつだ。シュモクが空気中を泳いでいた。そこに自分がいる。手足を伸ばして。

幻想の中で、私は海と一体になっていた。褐色のサメの胴体が目の前にあり、ふくれたり、下の方で縮んだり、あるかなきかの律動をしている。いつしか、自分も、同じリズムで腹を動かしていた。

何故ですか、どうしてですかと問いつめられることがある。はるばるエクアドルまで行って、人がダイブすることのない海の底へ行き、何故、危険なサメと一緒に泳ぐのですか。ほれ、大丈夫じゃないかというショウにするつもりなんですかと。

私は笑う。小声でケタケタと。

違う。違う。違うのだ。ライオンに抱かれたり、ヒグマに抱かれたりする。彼らの力は強大で、一センチとして動けなくなる。その力のつぼの中で、私は至福を味わっている。

――ああ、おれって、クマになってらあ。

そう感ずる瞬間がある。ヒグマになって、このまま次の春まで眠ってしまおうか。

夢だ。幻だ。人が味わってはならぬ夢まぼろしの世界だ。

私は、小さくうなる。毛布の端から手を伸ばし、タバコをさがし、火をつける。

阿呆（あほう）。何をしている。

自分を叱る。何で今、タバコなんだ。

海の中。青い世界。

どこまでも、どこまでも。

いつしか、八丈小島の崖に、私はへばりついている。向こうに急流がある。漁師が瀬と呼ぶ急流。

急流は、岩の上で、わかれている。岩にそい、崖にそい、ゆるやかになっている。ゆるやかな複流。と、そこに、クチジロイシダイが現われる。胸びれを開き気味にし、体から一切の力を抜いている。泳ぐというより、流れに身を任せて、落ちてくる感じである。

ああ、おれって、こうやって、ここへたどりついたのだ。

そう思う。

すると、口先がとがっているアジの仲間である小魚が、クチジロの体を目がけて突進し、体を突つき始める。

海の美容院だ！

魚の体表にいる外部寄生虫を食べているのだろう。海中の奇跡。いいものを見てるよ、おれって。

私は、ニタリと笑う。

ポールのカジノ

つまり、要するに、それから、この連載を始めるにあたって、総タイトルをどうするかということになった時、〃つぶやき〃でどうだという案が出た。つぶやきには、つぶやきシローという先人が存在する。

でもそれも面白いかもと一人が言った。つぶやきシローにゴロウ、つぶやきムツゴロウならリズムもあるし、ちゃんとつながっている。でも、それより、ひとりごとの方がいいよで決まってしまった。

これは、大声を出してはならぬ。叫ぶなどもっての他だ。口の中で、ブツブツ言っていなければならぬ。結局、つぶやきと同じようなものだ。

ひとりごとだから、始まったらダラダラと続いていく。女房殿が、あなた、ご飯ですよと呼びにこようものなら、もう違うテーマに移り、わが想念はコロコロ変わっていく。

しっかりせいと、私は自分を叱った。そこへ馬仲間がやってきて言った。

「あれ、どうしたの。ほら、藤平老から頼まれた仕事。益田さんと百メートルもぐる話」

「あ、もぐったとも。驚いたなあ。深さ八十メートルで、目の玉が裏返る感じがした。空気をボンべに詰めているから、気圧の関係で窒素をたくさん吸うことになるのよ。すると窒素酔いというのが始まる。手足がだるくなる。自分がどこかへ行っちゃう。このスキューバを開発していたスタッフは、百メートルの深さをもぐった所で、気がおかしくなり、空気を吸いこむレギュレーターを口からとってしまい、踊りだしたんだそうだ。もちろん、死んだけどね」

「もぐって、物が見えるの、大体！」

「見えるとも。九十メートル、そして百メートル。夕暮れ時。それも、くもりの日のかわたれ時という感じ。ウミサボテンなどが、人が植えたみたいに、そう畠（はたけ）みたいにさ、同じ間隔で生えていてさ、おれがおれでなくなる感じ。いけない、とどこかで思う。頭を強く振る。すると、自分が一枚の紙みたいになって、脳の中にせり上がってきやがる。そうだよ、ファックスのマシンから、通信の紙が出てくる感じ。つ、つーとね。このままではいけないと右手で左手を強くつかむ。でも、それってなによと笑っている何かが自分の中にいるんだ。あれ、益田さんがいてくれなかったら、危なかったね」

「ほう。この前、ロンドンやパリが出てきたけどね」

「あ、あれか。ひとりごとのぶつぶつ、舌足らずだったね。ポール・モーリアの話もあったのに」

「おや、ムツさんがね、音楽とは」

「〝オリーブの首飾り〟なんてね、流麗で軽くて、いいよね。その彼が日本でのラストコンサートのために、自分の曲に、日本語の詞をつけてくれとなってね、おれ書いたよ。そのお礼で夕食を御馳走になった。シャンゼリゼーでね。その時秘書が言ったのさ。ポールはこれと言った趣味はないけど、カジノにはよく行くんだとさ。夕方行って、いつの間にかいなくなってるってさ」

いいね、と私は言ってしまった。

本書は、「サンデー毎日」の連載「ムツゴロウの「ひとりごと」」
（二〇一六年四月十七日号～二〇一八年十月二十一日号）を再構成しました。
書名の「生きるよドンどん」は、生前の著者が考案したものです。

畑正憲（はた・まさのり）

1935年生まれ。作家、動物学者。

東京大学入学、理学部生物学科を経て、生物系大学院に進む。学習研究社映画局に入社し、教育用の科学映画制作に携わる。退社後、作家としてデビュー。ムツゴロウ（あだ名）の名を冠したシリーズで多くの作品を残す。

1971年には動物との共生をめざして北海道に移住。後にこれが「ムツゴロウの動物王国」へと発展する。動物に造詣の深いキャラクターとしてテレビの動物番組『ムツゴロウとゆかいな仲間たち』に登場、幅広い世代に人気を博す。1977年には第25回菊池寛賞を受賞。長年にわたり、作家、ナチュラリストとして精力的な活動を続けた。

2023年4月5日、中標津町の自宅で逝去。

著書に『われら動物みな兄弟』『ムツゴロウの青春記』『ムツゴロウの東京物語』『天然記念物の動物たち』『ムツゴロウ畑正憲の精密麻雀』など多数。

生(い)きるよドンどん

ムツゴロウさんが遺(のこ)したメッセージ

印刷　2023 年　7 月 10 日
発行　2023 年　7 月 25 日

著　者　畑正憲(はたまさのり)

発行人　小島明日奈

発行所　毎日新聞出版

〒102-0074

東京都千代田区九段南1-6-17 千代田会館5階

営業本部　：03 (6265) 6941

図書編集部　：03 (6265) 6745

印刷・製本　三松堂

ISBN978-4-620-32785-3